Patricia Highsmith

Katzen

Drei Stories, drei Gedichte,
ein Essay und
sieben Zeichnungen

Diogenes

Die hier vorliegenden Katzen-Geschichten,
-Gedichte, -Zeichnungen und der Essay
wurden eigens für die 2005 in der ›Diogenes Bibliothek‹
erschienene Ausgabe zusammengestellt
Nachweis am Schluß des Bandes
Umschlagzeichnung von
Patricia Highsmith

Veröffentlicht als Diogenes Taschenbuch, 2007

www.diogenes.ch
60/07/8/1
ISBN 978 3 257 23648 4

Inhalt

Drei Stories

Was die Katze hereinschleppte

Die sekundenlange, gedankenschwere Stille beim Scrabble wurde unterbrochen vom Flappen des Plastiks an der Katzenklappe: Portland Bill kam wieder ins Haus. Niemand beachtete ihn. Michael und Gladys Herbert lagen vorne; Gladys war ein bißchen besser als ihr Mann. Die Herberts spielten oft Scrabble und waren ziemlich gut darin. Colonel Edward Phelps – ein Nachbar und guter Freund – hielt sich mehr schlecht als recht, und seine amerikanische Nichte Phyllis, neunzehn, hatte gut angefangen, in den letzten zehn Minuten aber das Interesse verloren. Bald war es Zeit für den Tee. Der Colonel war schläfrig, man sah es ihm an. »Qual ...« Der Colonel strich sich nachdenklich über seinen Kipling-Schnäuzer. »Schade – ich dachte an Qualle.«

»Wenn du nur QUAL hast, Onkel Eddie«, sagte Phyllis, »wie kannst du draus Qualle machen?«

Die Katze an der Tür mühte sich wieder, länger diesmal, lautstark an ihrer Klappe und zerrte nun, den schwarzen Schwanz und das gestreifte Hinterteil schon drinnen, rückwärts etwas durch das Plastikoval. Was sie ins Haus brachte, war weißlich und etwa sechs Zoll lang.

»Hat wieder einen Vogel gefangen.« Michael wartete ungeduldig darauf, daß Eddie seinen Buchstaben setzte, damit er seinen brillanten Zug machen konnte, bevor ihm ein anderer das Wort wegschnappte.

»Sieht eher wie noch ein Gänsefuß aus«, sagte Gladys nach einem kurzen Blick. »Igitt.«

Endlich setzte der Colonel, fügte einem SUMP ein F an, und Michaels Zug entlockte Phyllis einen bewundernden Stoßseufzer für sein INI am Ende von GEM, denn mit dem M bekam er DAMM.

Portland Bill warf seine Beute in die Luft, und sie plumpste laut auf den Teppich.

»Mausetot, diese Taube«, bemerkte der Colonel, der zwar dem Kater am nächsten saß, dessen Augen aber nicht mehr die besten waren. »Oder eine Rübe« – dies für Phyllis' Ohren –, »Steckrübe«, fügte er hinzu, spähte hinüber und kicherte: »Ich habe schon Möhren in den unglaublichsten Formen gesehen. Da war mal eine –«

»Das hier ist weiß«, unterbrach ihn Phyllis und stand auf, um nachzusehen, weil Gladys vor ihr an der Reihe war. Sie trug eine bequeme Hose mit Pullover und beugte sich vor, die Hände auf den Knien.

»O mein Gott! Onkel Eddie!« Sie stand auf, schlug die Hand vor den Mund, als hätte sie etwas Grauenhaftes gesagt.

Michael Herbert hatte sich halb erhoben: »Was ist denn?«

»Das sind Menschenfinger!« rief Phyllis. »Seht nur!«

Alle sahen sie hin und kamen dann langsam, ungläubig, vom Tisch herüber. Stolz schaute der Kater empor in die Gesichter der vier Menschen, die auf ihn herabblickten. Gladys stockte der Atem.

Die beiden Finger waren totenblaß und aufgeschwollen; keinerlei Blut, nicht einmal an den ersten Fingergliedern, an denen ein kleines Stück dessen hing, was einmal eine Hand gewesen war. Es handelte sich zweifellos um den Mittel- und Ringfinger einer menschlichen Hand, und zwar wegen der zwei gelben, kurzen Nägel, die wegen des geschwollenen Fleisches klein wirkten.

»Was sollen wir machen, Michael?« Gladys dachte praktisch, überließ die Entscheidungen aber gern ihrem Mann.

»Das da ist seit mindestens zwei Wochen tot«, murmelte der Colonel, der im Krieg einige Erfahrungen gesammelt hatte.

»Könnte es aus einem Krankenhaus in der Nähe stammen?« fragte Phyllis.

»Wo so amputiert wird?« fragte ihr Onkel leise lachend zurück.

»Das nächste Krankenhaus ist zwanzig Meilen weit weg«, sagte Gladys.

»Edna darf das nicht sehen.« Michael warf einen kurzen Blick auf seine Uhr. »Natürlich müssen wir –«

»Vielleicht die Polizei rufen?« fragte Gladys.

»Das war's, woran ich dachte. Ich …« Während Michael noch zögerte, stieß Edna, ihre Köchin und Haushälterin, hinten in der Ecke des großen Wohnzimmers eine Tür auf. Sie trug das Teetablett herein. Die andern schoben sich unauffällig in Richtung des niedrigen Tischs vor dem Kamin; Michael Herbert dagegen blieb betont lässig stehen. Die Finger lagen unmittelbar hinter seinen Schuhen. Er zog eine Pfeife aus seiner Jackettasche, spielte mit ihr herum, blies in das Mundstück. Seine Hände zitterten leicht. Mit einem Fuß scheuchte er Portland Bill weg.

Schließlich hatte Edna Teller und Servietten verteilt und sagte: »Der Tee ist fertig.« Die Frau kam aus dem Ort, war Mitte Fünfzig, eine zuverlässige Person, aber mit ihren Gedanken meist bei ihren Kindern und Enkeln – Gott sei Dank, unter diesen Umständen, dachte Michael. Morgens trudelte Edna um halb acht auf ihrem Fahrrad ein und ging, wenn es ihr paßte, es sei denn, es war nichts für das Abendessen im Haus. Die Herberts waren nicht pingelig.

Gladys warf ihrem Mann einen ängstlichen Blick zu. »*Raus* mit dir, Bill!«

»Muß fürs erste was wegen dem Ding hier unternehmen«, sagte Michael halblaut. Entschlossen ging er zu dem Korb mit den Zeitungen neben dem Kamin, holte eine Seite der *Times* hervor und eilte zu den Fingern zurück, die Portland Bill gerade ins Maul nehmen wollte. Michael war schneller, er legte die Zeitung darüber und packte sie. Die andern standen noch. Michael bedeutete ihnen, sie sollten sich setzen, faltete das Blatt um die Finger, wickelte sie ein und bog die Rolle an den Enden um.

»Ich denke, wir sollten folgendes tun«, sagte er. »Die Polizei benachrichtigen, denn an der Sache könnte – irgendwas faul sein.«

»Oder könnte es nicht«, der Colonel schüttelte seine Serviette aus, »von einem Notarztwagen oder einem Müllaster gefallen sein? Könnte doch irgendwo ein Unfall gewesen sein.«

»Oder sollten wir die Sache nicht einfach auf sich beruhen lassen – und es verschwinden lassen?« sagte Gladys. »Ich brauch einen Tee.« Sie hatte sich eingeschenkt und nippte an der Tasse.

Auf ihren Vorschlag wußte niemand etwas zu antworten; die drei waren wie betäubt – oder hypnotisiert durch die Gegenwart der anderen. Und doch erwarteten sie irgendwie eine Antwort von irgendeinem, aber die kam nicht.

»Verschwinden lassen? Im Mülleimer?« fragte Phyllis. »Vergraben wir es doch«, fügte sie hinzu, wie als Antwort auf ihre Frage.

»Das wäre wohl nicht richtig«, sagte Michael.

»Nimm doch eine Tasse Tee, Michael.« Seine Frau.

»Muß das Ding irgendwo hintun – nur für die Nacht.« Michael hielt immer noch das kleine Bündel in der Hand. »Oder wir rufen jetzt die Polizei. Ist schon fünf, und das am Sonntag.«

»Ist es der englischen Polizei nicht egal, ob es Sonntag ist oder ein anderer Tag?« fragte Phyllis.

Michael wollte schon zu dem großen Schrank neben der Haustür gehen, um das Ding obendrauf zu legen, zwischen ein paar Hutschachteln, doch die Katze folgte ihm, und er wußte, daß sie, bei entsprechender Motivation, bis auf den Schrank springen konnte.

»Ich glaube, ich hab's.« Der Colonel freute sich über seine Idee, gab sich aber ruhig, für den Fall, daß Edna noch einmal auftauchen sollte. »Habe gestern in der High Street ein Paar Hausschuhe gekauft. Den Karton hab ich noch. Werd ihn holen gehen, wenn ich darf.« Er ging zur Treppe, drehte sich dann um und sagte leise: »Wir binden eine Schnur darum.

Und lagern alles so, daß der Kater nicht drankommt.« Er stieg die Treppe hoch.

»Lagern? In wessen Zimmer?« Phyllis kicherte nervös.

Die Herberts antworteten nicht. Michael, der immer noch stand, hielt das Bündel in der Rechten. Portland Bill hatte sich hingesetzt, die weißen Vorderpfoten brav nebeneinandergelegt, und beobachtete Michael, um zu sehen, was er damit tun würde.

Colonel Phelps kam mit dem weißen Schuhkarton wieder herunter. Das kleine Bündel paßte mühelos hinein, und der Colonel hielt den Karton, während Michael sich in der Toilette neben der Haustür die Hände wusch. Als er zurückkam, hockte Bill immer noch da und miaute hoffnungsvoll.

»Legen wir sie vorerst in den Schrank über dem Sideboard«, sagte Michael und nahm Eddie den Karton ab. Wenigstens der war einigermaßen sauber, das spürte er. Er legte den Karton neben einen Stapel großer, selten benutzter Teller und schloß die Schranktür mit dem Schlüssel ab, der in der Tür steckte.

Phyllis biß in einen Keks und sagte: »Ich hab eine Falte an einem Finger bemerkt. Wenn dort ein Ring steckt, könnte er uns einen Hinweis geben.«

Michael wechselte einen raschen Blick mit Eddie, der leicht nickte. Allen war die Falte aufgefallen. Stillschweigend kamen die Männer überein, sich später darum zu kümmern.

»Mehr Tee, meine Liebe?« Gladys schenkte Phyllis eine zweite Tasse ein.

»Mi-aau«, klagte der Kater enttäuscht. Jetzt saß er gegenüber dem Sideboard und sah sich über eine Schulter nach ihnen um.

Michael wechselte das Thema: Die Fortschritte bei der Innendekoration vom Haus des Colonels. Der Neuanstrich der Zimmer im ersten Stock war der Hauptgrund für den Besuch, den der Colonel und seine Nichte den Herberts gerade abstatteten. Doch das war natürlich uninteressant, verglichen mit Phyllis' Frage an Michael: »Sollten Sie nicht in der Nachbarschaft fragen, ob jemand vermißt wird? Diese Finger könnten auf einen *Mord* hindeuten.«

Gladys schüttelte kaum merklich den Kopf, sagte aber nichts. Warum dachten Amerikaner immer gleich an Gewalt? Andererseits, was könnte sonst eine Hand auf diese Art abgetrennt haben? Eine Explosion? Eine Axt?

Ein lebhaftes Gekratze ließ Michael aufspringen. »Bill, Schluß damit!« Michael ging auf den Kater zu und scheuchte ihn weg.

Bill hatte versucht, die Schranktür zu öffnen.

Mit dem Tee waren sie früher fertig als sonst. Michael stand am Sideboard, während Edna abräumte.

»Wann wirst du dir den Ring ansehen, Onkel Eddie?« fragte Phyllis. Sie trug eine Brille mit runden Gläsern und war ziemlich kurzsichtig.

»Ich glaube nicht, daß Michael und ich uns schon entschlossen haben, was zu tun ist, meine Liebe«, erwiderte ihr Onkel.

»Gehen wir in die Bibliothek, Phyllis«, sagte Gladys. »Sie wollten doch die Fotos ansehen.«

Das hatte Phyllis tatsächlich gesagt. Es waren Fotos von Phyllis' Mutter und ihrem Geburtshaus, in dem nun Onkel Eddie wohnte. Eddie war fünfzehn Jahre älter als ihre Mutter. Jetzt wünschte Phyllis, sie hätte nie darum gebeten, die Fotos zu sehen, weil die Männer sich um *die Finger* kümmern wollten, und dabei hätte Phyllis gern zugesehen. Schließlich sezierte sie im Zoologielabor doch Frösche und Katzenhaie. Aber ihre Mutter hatte sie vor ihrem Abflug aus New York gemahnt, sich gut zu benehmen und nicht so »grob und unsensibel« zu sein – die üblichen Adjektive ihrer Mutter für Amerikaner. Also saß Phyllis pflichtergeben da und schaute sich Fotos an, die mindestens fünfzehn bis zwanzig Jahre alt waren.

»Bringen wir's hinaus in die Garage«, sagte Michael zu Eddie. »Ich habe da nämlich eine Werkbank.«

Die beiden Männer gingen über einen Kiesweg zu

der Doppelgarage, in deren hinterem Teil Michael eine kleine Werkstatt mit Sägen und Hämmern, Meißeln und Elektrobohrern hatte, dazu einen Vorrat an Holz und Brettern, für den Fall, daß im Haus etwas repariert werden mußte oder er in Bastelstimmung war. Michael war freier Journalist und rezensierte Bücher, aber er genoß körperliche Arbeit. Hier fühlte er sich mit dem scheußlichen Karton irgendwie besser. Er konnte ihn auf seiner stabilen Werkbank abstellen, wie ein Chirurg, der einen Körper auf den OP-Tisch legte. Oder eine Leiche.

»Was zum Teufel hältst du davon?« fragte er, als er die Finger aus dem Zeitungsblatt schüttelte, das er an einer Seite festhielt. Die Finger fielen auf die abgenutzte Holzoberfläche, diesmal mit dem Handteller nach oben. Das weiße Fleisch war an den Rändern, dort wo es abgetrennt worden war, gezackt, und im grellen Lichtstrahl der Lampe über der Bank sahen sie zwei Stückchen von den Mittelhandknochen, ebenfalls gezackt, aus dem Fleisch ragen. Mit der Spitze eines Schraubenziehers wendete Michael die Finger um. Er verdrehte die Spitze und spreizte das Fleisch dadurch so weit ab, daß glitzerndes Gold sichtbar wurde.

»Ein Goldring«, sagte Eddie. »Aber er war Arbeiter oder Handwerker, meinst du nicht? Sieh mal, die

Nägel – kurz und breit, mit Erde darunter. Jedenfalls schmutzig.«

»Ich dachte gerade: Wenn wir das der Polizei melden, sollten wir nicht alles so lassen, wie es ist? Und nicht versuchen, uns den Ring näher anzusehen?«

»Wirst du's denn der Polizei melden?« Eddie zündete sich lächelnd eine Zigarre an. »Hängst du dann nicht mit drin?«

»Ich? Nein, ich werde sagen, die Katze hätte es ins Haus gebracht. Warum sollte ich irgendwie mit drinhängen? Bin neugierig auf den Ring. Gibt uns vielleicht einen Hinweis.«

Colonel Phelps sah kurz zur Garagentür hinüber, die Michael zugemacht, aber nicht abgeschlossen hatte. Auch er war neugierig auf den Ring. Wäre es die Hand eines Gentleman, dachte Eddie, sie hätten sie womöglich inzwischen der Polizei übergeben. »Gibt's hier noch viele Landarbeiter?« fragte er sich laut. »Vermutlich schon.«

Michael zuckte nervös die Schultern. »Was machen wir nun mit dem Ring? Was meinst du?«

»Sehen wir nach.« Der Colonel paffte friedlich seine Zigarre und warf einen Blick auf Michaels Werkzeugregal.

»Ich weiß, was wir brauchen.« Michael griff nach einem Stanleymesser, mit dem er sonst Pappe zurechtschnitt, schob die Klinge mit dem Daumen heraus und hielt mit den Fingern den aufgedunsenen Rest der Handfläche fest. Über dem Ring schnitt er ins Fleisch, dann darunter.

Eddie Phelps sah vornübergebeugt zu: »Kein Tropfen Blut. Ausgetrocknet. Genau wie im Krieg.«

Nur ein Gänsefuß, sagte sich Michael, um nicht ohnmächtig zu werden. Er schnitt noch ein paarmal in die obersten Hautschichten der Finger.

Am liebsten hätte er Eddie gefragt, ob der die Sache nicht zu Ende bringen wolle, doch das hätte feige gewirkt, fand Michael.

»Du meine Güte«, murmelte Eddie, was nicht gerade half.

Michael mußte etliche Streifen Fleisch abschneiden und dann mit beiden Händen fest zupacken, um den Ehering abziehen zu können. Denn darum handelte es sich zweifellos: ein Ehering aus schlichtem Gold, weder sehr dick noch sehr breit, doch passend für einen Mann. Michael spülte ihn unter dem Kaltwasserhahn der Spüle zu seiner Linken ab. Als er ihn unter die Lampe hielt, konnte man die Initialen lesen: W. R. – M. T.

Eddie sah genau hin: »Na, *das* nenn ich einen Hinweis!«

Michael hörte die Katze an der Garagentür kratzen, dann miauen. Er legte die drei abgetrennten

Fleischstücke auf einen alten Lappen, wickelte alles zusammen und sagte Eddie, er sei gleich zurück. Dann öffnete er die Garagentür, wehrte Bill mit einem »Schschsch« ab und steckte den Lappen in eine Mülltonne, deren Deckel gegen Katzen gesichert war. Michael hatte gedacht, er hätte einen Plan, den er Eddie vorschlagen könnte, doch als er zurückkam – Eddie untersuchte gerade wieder den Ring –, konnte er nicht sprechen, so durcheinander war er. Er hatte etwas sagen wollen über »diskrete Nachforschungen«, die sie anstellen könnten. Statt dessen bemerkte er mit tonloser Stimme:

»Genug für heute – es sei denn, uns kommt am Abend noch ein Geistesblitz. Lassen wir den Karton hier. Der Kater kann nicht hinein.«

Michael wollte den Karton nicht einmal auf seiner Werkbank stehenlassen. Er legte den Ring zu den Fingern und stellte den Karton oben auf ein paar Plastikkanister, die an der Wand standen. Bis jetzt war seine Werkstatt selbst vor Ratten sicher gewesen – nichts würde hier hereinkommen, um an dem Karton zu nagen.

Als Michael in dieser Nacht zu Bett ging, sagte Gladys: »Wenn wir's nicht der Polizei melden, müssen wir das Ding einfach irgendwo begraben.«

»Ja«, erwiderte Michael unbestimmt. Irgendwie kam es ihm wie ein Verbrechen vor, ein Paar menschlicher Finger zu begraben. Er hatte seiner Frau von dem Ring erzählt. Die Initialen hatten ihr auch nichts gesagt.

Colonel Edward Phelps schlief friedlich ein, mit Gedanken, daß er 1941 Schlimmeres gesehen hatte.

Phyllis hatte ihren Onkel und Michael beim Abendessen über den Ring ausgefragt. Vielleicht würde sich das Rätsel morgen lösen und sich alles irgendwie als etwas ganz Einfaches und Harmloses herausstellen. Jedenfalls war das eine tolle Geschichte, die sie ihren Studienfreundinnen erzählen konnte. Und ihrer Mutter! *Das* also war das ruhige englische Landleben!

Der nächste Tag war ein Montag, deshalb hatte das Postamt im Lebensmittelladen geöffnet, und Michael beschloß, Mary Jeffrey eine Frage zu stellen. Sie arbeitete dort als Postangestellte und zugleich als Verkäuferin. Michael kaufte ein paar Briefmarken und fragte dann beiläufig:

»Übrigens, Mary, wird seit kurzem jemand vermißt – hier in der Gegend?«

Mary, ein Mädchen mit einem strahlenden Gesicht und schwarzen Locken, schien verwirrt: »Wie – vermißt?«

»Ist jemand verschwunden?« Er lächelte dabei.

Sie schüttelte den Kopf. »Nicht daß ich wüßte. Warum fragen Sie?«

Michael hatte versucht, sich auf diese Frage vorzubereiten. »Ich hab irgendwo in einer Zeitung gelesen, daß Leute manchmal – einfach verschwinden. Sogar in kleinen Dörfern wie diesem. Sich irgendwo verlieren, den Namen ändern oder so. Keiner weiß, wo sie hin sind.« Michael verlor sich gerade selber. Schlecht gemacht, aber er hatte die Frage gestellt.

Während er die Viertelmeile nach Hause ging, wünschte er die ganze Zeit, er hätte den Schneid gehabt, Mary zu fragen, ob irgendwer in der Gegend einen Verband an der linken Hand trage oder ob sie von solch einem Unfall gehört habe. Mary hatte Umgang mit Jungs, die im örtlichen Pub ein und aus gingen. Gerade jetzt könnte Mary von einem Mann mit einer bandagierten Hand gehört haben, aber ihr von den Fingern in seiner Garage erzählen, das ging auf keinen Fall.

Die Frage, was sie mit den Fingern tun sollten, wurde an diesem Vormittag nicht weiter erörtert, weil die Herberts eine Fahrt nach Cambridge geplant hatten, gefolgt vom Lunch im Haus eines Professors, mit dem die Herberts befreundet waren. Undenkbar, das alles abzusagen, nur weil man es mit der Polizei zu tun hätte.

Also kamen die Finger an jenem Vormittag nicht zur Sprache. Man redete während der Fahrt über alles mögliche, nur nicht darüber. Michael, Gladys und

Eddie hatten vor der Abfahrt nach Cambridge beschlossen, über die Finger nicht mehr vor Phyllis zu sprechen, sondern, wenn möglich, Gras über die Sache wachsen zu lassen. Eddie und Phyllis würden Mittwoch nachmittag abreisen, übermorgen also, und bis dann könnte sich alles geklärt oder die Polizei den Fall übernommen haben.

Phyllis war von Gladys außerdem sanft ermahnt worden, »den Vorfall mit dem Kater« im Haus des Professors nicht zu erwähnen. Also tat sie es nicht. Alles ging glatt und in bester Stimmung über die Bühne, und gegen vier waren die Herberts mit Eddie und Phyllis wieder zu Hause.

Edna sagte zu Gladys, sie habe gerade bemerkt, daß sie kaum noch Butter hätten, und da sie auf den Kuchen im Ofen aufpassen müsse... Michael, der mit Eddie im Wohnzimmer war, hörte das und bot an, zum Laden zu gehen.

Dort kaufte er die Butter, ein paar Päckchen Zigaretten und eine Schachtel schön verpackter Toffees. Mary bediente ihn wie immer, bescheiden und höflich. Er hatte auf Neuigkeiten gehofft. Gerade hatte er das Wechselgeld eingesteckt und war auf dem Weg zur Tür, als Mary ihm hinterherrief: »Ach, Mr. Herbert!«

Michael drehte sich um.

»Gerade heute mittag hab ich von jemandem gehört, der verschwunden ist«, sagte sie, über den Tresen zu ihm gelehnt. Jetzt lächelte sie. »Bill Reeves – wohnt auf Mr. Dickensons Land, wissen Sie. Er hat dort ein kleines Haus, arbeitet auf den Feldern – oder hat es jedenfalls früher gemacht.«

Michael kannte Bill Reeves nicht, hatte vom Land der Dickensons allerdings schon gehört, ein riesiger Besitz nordwestlich des Dorfes. Bill (also William) Reeves' Anfangsbuchstaben paßten zu dem W. R. im Ring. »Ach ja? Er ist verschwunden?«

»Vor etwa zwei Wochen, hat mir Mr. Vickers erzählt. Der mit der Tankstelle beim Grundstück der Dickensons, Sie wissen schon. Heute kam er vorbei, also dacht ich mir, ich frag ihn mal.« Wieder das Lächeln, als habe sie Michaels kleines Rätsel zu seiner Zufriedenheit gelöst.

Michael kannte die Tankstelle und sah Vickers in etwa vor sich. »Weiß Mr. Vickers, warum Reeves verschwunden ist?«

»Nein. Mr. Vickers sagt, das ist ziemlich geheimnisvoll. Auch Bills Frau hat das Häuschen verlassen, vor ein paar Tagen, aber alle wissen, daß sie nach Manchester gefahren ist, ihre Schwester besuchen.«

Michael nickte. »Na gut. Das beweist doch, daß so etwas sogar hier passieren kann, oder? Daß Leute verschwinden.« Er lächelte und verließ den Laden. Das beste wäre, Tom Dickenson anzurufen, dachte

Michael, und ihn zu fragen, was er wisse. Michael nannte ihn nicht Tom, hatte er ihn doch nur ein paarmal bei örtlichen Parteiversammlungen und ähnlichen Gelegenheiten getroffen. Dickenson war um die Dreißig, verheiratet, hatte reich geerbt und lebte nun als Gutsbesitzer auf dem Land, soweit Michael wußte. Die Familie war in der Wollindustrie, besaß Fabriken oben im Norden, und das Land gehörte ihnen schon seit Generationen.

Als Michael nach Hause kam, bat er Eddie herauf in sein Arbeitszimmer. Phyllis lud er trotz ihrer Neugier nicht ein, sich ihnen anzuschließen. Er berichtete Eddie, was Mary ihm über das Verschwinden eines Landarbeiters namens Bill Reeves vor ein paar Wochen erzählt hatte. Auch Eddie fand, sie sollten vielleicht Dickenson anrufen.

»Die Initialen im Ring könnten Zufall sein«, sagte er. »Die Dickensons wohnen fünfzehn Meilen von hier entfernt, sagtest du?«

»Ja, aber ich denke trotzdem, ich rufe ihn besser an.« Michael schlug die Nummer im Telefonbuch nach. Zwei Nummern; er versuchte es mit der ersten.

Ein Diener, jedenfalls klang er so, hob ab und fragte nach seinem Namen, sagte dann, er werde Mr. Dickenson holen. Michael wartete eine gute Minute. Eddie wartete auch.

»Hallo, Mr. Dickenson. Ich bin einer Ihrer Nachbarn, Michael Herbert… Ja, ja, ich weiß, wir sind uns schon begegnet – ein paarmal. Hören Sie, ich hätte eine Frage an Sie, die Ihnen womöglich seltsam vorkommt, aber – Sie hatten doch einen Landarbeiter oder Pächter auf Ihrem Besitz, oder? Ein Mann namens Bill Reeves?«

»Ja-a?« fragte Dickenson zurück.

»Und wo ist er jetzt? Ich frage, weil man mir sagte, er sei vor ein paar Wochen verschwunden.«

»Stimmt. Warum fragen Sie?«

»Wissen Sie, wo er hin ist?«

»Keine Ahnung«, erwiderte Dickenson. »Hatten Sie denn mit ihm zu tun?«

»Nein. Würden Sie mir den Namen seiner Frau verraten?«

»Marjorie.«

Das paßte zur ersten Initiale. »Und kennen Sie zufällig ihren Mädchennamen?«

Tom Dickenson kicherte. »Nein, leider nicht.«

Michael sah kurz zu Eddie hinüber, der ihn beobachtete. »Wissen Sie, ob Reeves einen Ehering trug?«

»Nein. Hab ihn nie weiter beachtet. Warum?«

Ja wirklich, warum? Michael rutschte auf dem Stuhl herum. Wenn er das Gespräch jetzt beendete, hatte er nicht viel herausbekommen. »Weil – ich etwas gefunden habe, einen möglichen Hinweis auf

Reeves' Verbleiben. Ich nehme an, irgendwer dürfte nach ihm suchen, da keiner weiß, wo er steckt.«

»Ich suche nicht nach ihm«, entgegnete Dickenson auf seine gelassene Art. »Ob seine Frau das tut, wage ich ebenfalls zu bezweifeln. Sie ist vor einer Woche ausgezogen. Darf ich fragen, was Sie gefunden haben?«

»Das würde ich lieber nicht am Telefon besprechen... Ob ich wohl bei Ihnen vorbeischauen dürfte? Oder Sie könnten zu mir nach Hause kommen.«

Nach einer kurzen Pause sagte Dickenson: »Um ganz ehrlich zu sein: Reeves ist mir gleichgültig. Ich glaube nicht, daß er Schulden hinterlassen hat, jedenfalls nicht daß ich wüßte. Das muß ich ihm zugute halten. Aber, wenn ich offen sein darf – es ist mir egal, was mit ihm passiert ist.«

»Verstehe. Verzeihen Sie die Störung, Mr. Dickenson.«

Sie legten auf.

Michael wandte sich Phelps zu und sagte: »Das meiste hast du wohl mitgekriegt. Dickenson ist der Mann gleichgültig.«

»Kaum zu erwarten, daß Dickenson sich übermäßig Sorgen macht um einen verschwundenen Landarbeiter. Meinte er nicht, die Frau wäre auch weg?«

»Ich dachte, das hätte ich dir gesagt: Sie ist nach Manchester gefahren, zu ihrer Schwester. Hab ich von Mary.« Michael nahm eine Pfeife aus dem Ständer auf seinem Schreibtisch und stopfte sie. »Seine Frau heißt Marjorie. Paßt zu der Initiale im Ring.«

»Stimmt. Aber es gibt auch jede Menge Marys und Margarets auf der Welt.«

»Dickenson wußte ihren Mädchennamen nicht. Also, Eddie, hör mal: Da Dickenson keine Hilfe ist, denke ich, wir sollten die Polizei anrufen und die Sache hinter uns bringen. Ich bin sicher, daß ich mich nicht überwinden kann, diesen – das da zu begraben. Die Sache würde mich nicht loslassen. Ich würde immer denken, daß ein Hund es ausgräbt, obwohl es nur Knochen sind und noch dazu ziemlich verrottete – und die Polizei müßte mit jemand anderem anfangen, nicht mit mir, und die Spur wäre nicht mehr so heiß.«

»Du glaubst immer noch an ein Verbrechen? – Meine Idee ist simpler«, sagte Eddie ruhig und überlegt. »Gladys sagte doch, zwanzig Meilen weiter wär ein Krankenhaus, in Colchester, nehme ich an. Wir könnten nachfragen, ob es dort in den letzten zwei Wochen oder so einen Unfall gegeben hat, mit Verlust des Mittel- und Ringfingers der linken Hand eines Mannes. Die würden doch seinen Namen haben. Sieht mir nach einem Unfall aus – und zwar nach einem, wie er nicht alle Tage vorkommt.«

Michael wollte schon fast zustimmen, das zu tun, jedenfalls bevor man die Polizei anrufen würde, als das Telefon klingelte. Er hob ab und hörte Gladys vom Apparat unten mit einem Mann sprechen, der Stimme nach Dickenson. »Laß mich das machen, Gladys.«

Tom Dickenson begrüßte Michael. Dann: »Ich habe – ich dachte, wenn Sie wirklich gern mit mir sprechen würden …«

»Ja, sehr gern.«

»Unter vier Augen wäre mir aber lieber, wenn das ginge.«

Michael versicherte ihm, das sei möglich, und Dickenson sagte, er könne in etwa zwanzig Minuten vorbeikommen. Erleichtert legte Michael den Hörer auf und wandte sich an Eddie: »Er kommt jetzt hierher. Will allein mit mir reden. Ist wirklich das beste.«

»Ja.« Enttäuscht stand Eddie vom Sofa auf. »Er wird dann offener sprechen. Falls er etwas zu sagen hat. Wirst du ihm von den Fingern erzählen?« Er warf einen Seitenblick auf Michael, zog dabei seine buschigen Augenbrauen hoch.

»Kann sein, daß es gar nicht soweit kommt. Zuerst werd ich mir anhören, was er zu sagen hat.«

»Er wird dich fragen, was du gefunden hast.«

Michael wußte das. Sie gingen nach unten. Er sah Phyllis im Garten hinter dem Haus, wo sie ganz allein eine Krocketkugel über den Rasen schlug, und er hörte Gladys' Stimme aus der Küche. Außer Hörweite von Edna teilte er seiner Frau mit, daß Tom Dickenson gleich kommen werde, und nannte auch den Grund: Marys Information, ein gewisser Bill Reeves werde vermißt, ein Arbeiter auf dem Land der Dickensons. Gladys begriff sofort, daß die Initialen paßten.

Und da kam schon Dickensons Wagen, ein schwarzes Triumph-Cabrio, das ganz gut eine Wäsche vertragen konnte. Michael ging hinaus, um den Mann zu begrüßen. »Hallo« und »Sie erinnern sich?« Nur vage, das galt für beide. Michael bat Dickenson ins Haus, bevor Phyllis herüberschlendern und ihn zwingen konnte, sie vorzustellen.

Tom Dickenson war blond und ziemlich groß; er trug eine Lederjacke, Cordhosen und grüne Gummistiefel, die nicht schmutzig waren, wie er Michael versicherte. Er hatte gerade auf seinen Feldern gearbeitet und sich nicht die Zeit zum Umziehen genommen.

»Gehen wir nach oben.« Michael führte ihn die Treppe hinauf.

Er bot Dickenson einen bequemen Lehnstuhl an

und setzte sich auf sein altes Sofa. »Sie sagten mir, Reeves' Frau wäre ebenfalls weggegangen?«

Dickenson lächelte verhalten, sah ihn aus blaugrauen Augen gelassen an. »Seine Frau ist weg, ja. Aber erst, nachdem Reeves verschwunden ist. Wie ich hörte, ist Marjorie nach Manchester gefahren. Ihre Schwester wohnt dort. Die Reeves kamen nicht so gut klar miteinander. Beide sind ungefähr fünfundzwanzig – und Reeves trinkt gern einen. Ehrlich gesagt, bin ich froh, ihn ersetzen zu können. Wird nicht schwer sein.«

Michael wartete, doch da kam nichts mehr. Er fragte sich, warum Dickenson bereit gewesen war, herzukommen und sich mit ihm zu treffen, nur wegen eines Landarbeiters, den er nicht besonders mochte.

»Warum interessiert Sie der Mann?« fragte Dickenson. Dann brach er auf einmal in Gelächter aus, wirkte jünger, glücklicher: »Hat Reeves womöglich bei Ihnen nach Arbeit gefragt – unter falschem Namen?«

»Mitnichten.« Auch Michael lächelte. »Ich kann gar keinen Arbeiter unterbringen. Nein.«

»Aber Sie sagten, Sie hätten etwas gefunden?« Dickenson zog die Brauen zusammen, runzelte die Stirn: ein höfliches Fragezeichen.

Michael sah zu Boden, hob dann den Blick und

sagte: »Ich habe zwei Finger der linken Hand eines Mannes gefunden – mit einem Ehering an einem Finger. Die ersten Initialen im Ehering könnten für William Reeves stehen. Die zweiten lauten M. T., das könnte Marjorie Soundso sein. Deshalb dachte ich, daß ich Sie anrufen sollte.«

War Dickenson blaß geworden, oder bildete er sich das nur ein? Dickensons Lippen waren leicht geöffnet, der Blick unsicher. »Herrgott – gefunden? Wo denn?«

»Unsere Katze hat sie ins Haus gebracht, ob Sie's glauben oder nicht. Mußte es meiner Frau sagen, weil die Katze sie ins Wohnzimmer geschleppt hat, vor unser aller Augen.« Das herausgebracht zu haben, war für Michael irgendwie eine ungeheure Erleichterung. »Mein alter Freund Eddie Phelps und seine amerikanische Nichte sind gerade hier. Die haben das auch gesehen.« Er stand auf; jetzt wollte er eine Zigarette, holte die Schachtel von seinem Schreibtisch und bot Dickenson eine an.

Der sagte, er habe gerade aufgehört, hätte aber gern eine.

»War schon ein bißchen schockierend«, fuhr Michael fort, »deshalb dachte ich, daß ich mich erst einmal in der Nachbarschaft umhören sollte, bevor ich zur Polizei gehe. Ich glaube, es wäre richtig, die Sache der Polizei zu melden. Meinen Sie nicht auch?«

Dickenson antwortete nicht gleich.

»Ich mußte Fleisch von den Fingern schneiden, um den Ring abzubekommen – mit Eddies Hilfe, gestern abend.«

Dickenson schwieg immer noch, zog nur an seiner Zigarette und runzelte die Stirn.

»Ich dachte, der Ring würde uns einen Hinweis geben. Und das tut er auch, andererseits könnte er mit Bill Reeves auch gar nichts zu tun haben. Sie erinnern sich ja anscheinend nicht, ob er einen Ehering trug, und Marjories Mädchennamen wissen Sie auch nicht.«

»Das läßt sich herausfinden.« Dickensons Stimme klang anders, rauher.

»Meinen Sie, das sollten wir tun? Vielleicht wissen Sie ja auch, wo Reeves' Eltern wohnen. Oder Marjories. Kann sein, daß er dort ist. Oder bei seinen Schwiegereltern.«

»Bei denen bestimmt nicht, würd ich wetten.« Dickenson lächelte nervös. »Sie hat genug von ihm.«

»Na gut – was denken Sie? Daß ich die Polizei anrufen sollte? ... Würden Sie den Ring gern sehen?«

»Nein. Ich glaube Ihnen auch so.«

»Dann werd ich mich morgen mit der Polizei in Verbindung setzen – oder heute abend noch. Je eher, desto besser, denk ich.« Michael fiel auf, daß Dickenson einen raschen Blick durch das Zimmer schweifen ließ, als lägen die Finger sichtbar auf einem Bücherregal. Die Tür des Arbeitszimmers ging auf, und Portland Bill stolzierte herein. Michael schloß die Tür niemals ganz, und Bill machten Türen keine Schwierigkeiten: Er richtete sich einfach ein wenig auf und gab ihnen einen Schubs.

Dickenson blinzelte, als er den Kater sah, dann verkündete er Michael entschieden: »Ich könnte einen Whisky vertragen. Ginge das?«

Michael lief die Treppe hinunter und kam mit der Flasche und zwei Gläsern in den Händen zurück. Im Wohnzimmer hatte er niemanden angetroffen. Er schenkte ein, schloß dann die Tür seines Arbeitszimmers.

Dickenson trank mit seinem ersten Schluck gut zwei Fingerbreit von dem Drink. »Ich kann's Ihnen genausogut gleich sagen: Ich habe Reeves getötet.«

Ein Zucken lief durch Michaels Schultern, aber er sagte sich, daß er das die ganze Zeit gewußt habe – wenigstens seit Dickensons Anruf. »Ja?« sagte er.

»Reeves hatte versucht … etwas mit meiner Frau anzufangen. Ich werde das nicht dadurch adeln, daß ich es eine Affäre nenne. Schuld daran war meine Frau – hat auf dämliche Art mit Reeves geflirtet. Für mich ist er einfach nur eine Schmeißfliege. Gutaussehend, dumm. Seine Frau wußte Bescheid und haßte ihn dafür.« Dickenson zog an seinem Zigarettenstummel. Michael holte die Schachtel wieder. »Reeves wurde immer dreister. Ich wollte ihn feuern, doch das konnte ich nicht, weil er das Häuschen gepachtet hatte, und ich wollte die Sache mit meiner Frau nicht bekanntmachen – der Justiz gegenüber, meine ich. Als Kündigungsgrund.«

»Wie lange ging das so?«

Dickenson mußte nachdenken: »Einen Monat vielleicht.«

»Und Ihre Frau – was ist jetzt?«

Dickenson seufzte, rieb sich die Augen. Er hockte vornübergebeugt in seinem Lehnstuhl. »Wir kriegen das wieder hin. Sind ja erst ein Jahr verheiratet.«

»Weiß sie, daß Sie Reeves umgebracht haben?«

Jetzt lehnte sich Dickenson zurück, legte einen grünen Stiefel über das Knie und trommelte mit den Fingern einer Hand auf der Armlehne seines Stuhls. »Keine Ahnung. Womöglich glaubt sie, ich hätte ihn bloß weggejagt. Gefragt hat sie nicht.«

Das konnte Michael sich vorstellen – und auch, daß sich Dickenson wünschte, seine Frau erführe niemals davon. Ihm wurde klar, daß er eine Entscheidung treffen mußte: ob er Dickenson der Polizei ausliefern wollte. Oder wäre Dickenson das womöglich lieber? Michael lauschte dem Geständnis eines Mannes, der seit mehr als zwei Wochen ein Verbrechen auf dem Gewissen hatte, fest in sich verschlossen, jedenfalls nahm Michael das an. Und wie hatte Dickenson den Mann getötet? »Weiß sonst jemand davon?« fragte Michael vorsichtig.

»Na ja – das kann ich Ihnen erzählen. Muß es wohl tun. Ja.« Erneut war Dickensons Stimme rauh. Und sein Glas leer.

Michael stand auf und schenkte nach.

Dickenson nippte an seinem Drink, den starren Blick auf die Wand neben Michael gerichtet.

Portland Bill saß nicht weit weg von ihm. Der Kater musterte Dickenson, als verstünde er jedes Wort und wartete auf den nächsten Teil der Geschichte.

»Ich sagte Reeves, er solle die Finger von meiner Frau lassen oder mit seiner Frau mein Land verlassen, aber er kam mir mit dem Pachtvertrag – und warum ich denn nicht mit *meiner Frau* sprechen würde. Hochnäsig, wissen Sie: so selbstzufrieden, weil die Frau seines Herrn sich herabgelassen hatte, ihn anzuschauen und ...« Dickenson setzte neu an. »Dienstags und freitags fahr ich nach London, mich um die Firma kümmern. Mehrere Male meinte Diane, sie hätte keine Lust auf London oder hätte andere Termine. Reeves konnte es immer so einrichten, an diesen Tagen kleinere Arbeiten in der Nähe des Hauses zu erledigen, da bin ich sicher. Und dann gab es da noch ein zweites Opfer – wie ich.«

»Opfer? Was meinen Sie?«

»Peter.« Dickenson begann, das Glas zwischen den Handflächen hin und her zu rollen. Seine Zigarette zwischen die Lippen geklemmt, starrte er weiter auf die Wand neben Michael und sprach so, als erzählte er nach, was er dort auf der Leinwand sähe. »Wir waren dabei, ein paar Hecken weit draußen auf den Feldern zu trimmen und auch Stangen zu schneiden, für neue Markierungen. Reeves und ich. Äxte und Vorschlaghämmer. Peter schlug die Pfähle ein, ein ganzes Stück weiter weg. Peter ist auch Landarbeiter, so wie Reeves, ist schon länger bei mir. Ich hatte das Gefühl, Reeves könnte mich angreifen – und dann behaupten, es wäre ein Unfall gewesen. Etwas in der Art. Es war am Nachmittag, und er hatte zum Mittagessen ein paar Pints getrunken. Er hatte ein Beil. Ich habe ihn nicht aus den Augen gelassen, und irgendwie kochte die Wut in mir hoch. Er grinste verächtlich und schwang das Beil, als wollte er mich am Oberschenkel erwischen. Dafür stand er aber zu weit weg. Dann kehrte er mir den Rücken zu – aus Hochmut –, und ich schlug ihm den großen Hammer auf den Kopf. Als er umfiel, schlug ich ein zweites Mal zu, traf ihn aber in den Rücken. Ich wußte nicht, daß Peter so nahe bei mir war – oder ich hatte nicht daran gedacht. Er kam mit seiner Axt herbeigelaufen, rief: ›Gut! Zum Teufel mit dem Hurensohn!‹ oder so, und dann –« Dickenson schien keine Worte zu finden. Er sah zu Boden, dann zum Kater hinüber.

»Und dann ... war Reeves tot.«

»Ja. Ging alles blitzschnell. Eigentlich hat Peter die Sache zu Ende gebracht, hat ihm die Axt über den Kopf gezogen. Ganz in der Nähe war ein Wald – mein Wald. Peter sagte: ›Vergraben wir das Schwein! *Weg* mit ihm!‹ Er war fuchsteufelswild, und auch ich war außer mir, aus einem anderen Grund, vielleicht Schock. Peter aber sagte, Reeves hätte es auch mit seiner Frau getrieben oder hätte es jedenfalls versucht, und er wisse von Reeves und Diane. Peter und ich hoben im Wald ein Grab aus, wir arbeiteten wie die Verrückten – hackten auf Baumwurzeln ein, schaufelten die Erde mit bloßen Händen heraus. Zuletzt, bevor wir ihn hineinwarfen, nahm Peter das Beil – er sagte was von Reeves' Ehering, und hieb mit dem Beil ein paarmal auf dessen Hand ein.«

Michael ging es nicht besonders gut. Er beugte sich vor, um den Kopf zu senken, und streichelte den muskulösen Rücken des Katers, der weiter nur Dickenson beobachtete.

»Dann – haben wir es vergraben. Inzwischen waren wir beide schweißüberströmt. Peter sagte: ›Von mir wird niemand was erfahren, Sir. Kein Wort. Das Schwein hat gekriegt, was er verdient.‹ Wir haben die Erde festgetrampelt, und Peter hat draufgespuckt. Er ist ein richtiger Mann, das muß ich ihm lassen.«

»Ein richtiger Mann ... Und Sie?«

»Weiß nicht.« Mit ernstem Blick fuhr er fort: »Dann war dieser Tag, als Diane in einem Frauenclub unseres Dorfes zum Tee verabredet war. Und am Nachmittag dachte ich plötzlich: Mein Gott, die Finger! Vielleicht liegen die dort einfach auf dem Boden herum, ich wußte nämlich nicht mehr, ob Peter oder ich sie ins Grab geworfen hatte. Deshalb bin ich zurückgekehrt. Und habe sie gefunden. Ich hätte ein zweites Loch graben können, hatte aber nichts zum Graben mitgebracht, außerdem wollte ich auch ... nicht noch mehr von Reeves auf meinem Land haben. Also bin ich ins Auto gestiegen und losgefahren, egal wohin, hab auch nicht mehr gemerkt, wo ich war – und als ich einen Wald sah, bin ich ausgestiegen und habe das Ding so weit weggeworfen, wie ich konnte.«

Michael sagte: »Das muß weniger als eine halbe Meile von meinem Haus entfernt gewesen sein. Portland Bill wagt sich nicht weiter weg, glaub ich. Er ist kastriert, der arme alte Bill.« Bei seinem Namen sah der Kater auf. »Vertrauen Sie diesem Peter?«

»Ja. Ich kannte seinen Vater, genau wie mein Vater. Und wenn man mich fragte – ich könnte nicht sicher sagen, wer den tödlichen Schlag geführt hat – Peter oder ich. Aber, um korrekt zu sein, die Verantwortung müßte *ich* übernehmen, weil ich zweimal mit dem Hammer zugeschlagen habe. Auf Notwehr kann ich mich nicht berufen, denn Reeves hatte mich nicht angegriffen.«

Korrekt. Ein merkwürdiges Wort, dachte Michael. Andererseits war Dickenson genau der Typ, dem es darauf ankam, korrekt zu sein. »Was nun? Was schlagen Sie vor?«

»Was ich vorschlage? Ich?« Dickenson seufzte, fast ein Keuchen. »Keine Ahnung. Ich hab's gestanden. In gewisser Weise liegt die Sache jetzt bei Ihnen oder –« Er zeigte in Richtung Erdgeschoß. »Peter würde ich gern verschonen, ihn da heraushalten. Wenn ich kann. Das verstehen Sie, denke ich. Mit Ihnen kann ich reden. Sie sind ein Mann, wie ich es bin. Sie sind so wie ich.«

Da war Michael sich nicht so sicher, doch hatte er sich schon vorgestellt, in Dickensons Lage zu sein, hatte versucht, sich als zwanzig Jahre jüngeren Mann unter den gleichen Umständen zu sehen. Reeves war ein Schwein gewesen, selbst zu seiner Frau, ohne jede Grundsätze, und sollte ein junger Mann wie Dickenson sein eigenes Leben, oder das meiste davon, wegen eines Typs wie Reeves ruinieren? »Was ist mit Reeves' Frau?«

Dickenson schüttelte den Kopf, runzelte die Stirn. »Ich weiß, daß sie ihn nicht ausstehen konnte. Sollte er verschollen bleiben, wette ich, wird sie niemals auch nur den leisesten Versuch machen, ihn zu finden. Sie ist froh, ihn los zu sein, da bin ich sicher.«

Das einsetzende Schweigen zog sich in die Länge. Portland Bill gähnte, machte einen Buckel und streckte sich.

Dickenson beobachtete den Kater, als könnte der etwas sagen: Schließlich hatte Bill die Finger entdeckt. Doch der Kater sagte nichts. Dickenson selber brach schließlich das Schweigen, verlegen, aber in höflichem Ton: »Übrigens – wo sind die Finger denn?«

»Hinten in der Garage. Und die ist verschlossen. In einem Schuhkarton.« Michael war verwirrt. »Hören Sie, ich habe zwei Gäste im Haus.«

Dickenson sprang auf. »Ich weiß. Tut mir leid.«

»Braucht Ihnen nicht leid zu tun, aber *irgend etwas* muß ich ihnen nun doch sagen, weil der Colonel – mein alter Freund Eddie – weiß, daß ich Sie wegen der Initialen im Ring angerufen habe und daß Sie bei uns – bei mir – vorbeikommen würden. Er könnte etwas erwähnt haben, den andern gegenüber.«

»Natürlich. Verstehe.«

»Würden Sie kurz hierbleiben, während ich unten

mit den andern spreche? Da, der Whisky – bedienen Sie sich.«

»Danke.« Er zuckte nicht mit der Wimper.

Michael ging nach unten. Phyllis kniete neben dem Plattenspieler und wollte gerade eine Platte auflegen. Eddie saß in einer Sofaecke und las eine Zeitung.

»Wo ist Gladys?« fragte Michael.

Sie zupfte gerade welke Blüten von den Rosen. Michael rief sie. Seine Frau trug Gummistiefel, wie Dickenson, nur waren ihre kleiner und knallrot. Michael sah nach, ob Edna in der Küche war. Gladys meinte, sie sei einkaufen gegangen. Michael erzählte ihnen Dickensons Geschichte, bemühte sich dabei, sie kurz und verständlich zu halten. Phyllis bekam ein paarmal den Mund nicht zu; Eddie Phelps stützte das Kinn in die Hand wie ein Weiser und sagte ab und zu: »Hmm.«

»Mir ist eigentlich nicht danach, ihn der Polizei auszuliefern – oder auch nur mit denen zu sprechen«, wagte Michael sich vor, die Stimme kaum mehr als ein Flüstern. Nach seinem Bericht hatte niemand ein Wort gesagt, und er hatte einige Augenblicke gewartet. »Ich verstehe nicht, warum wir nicht einfach Gras darüber wachsen lassen können. Was kann das schaden?«

»Ja, was kann das schaden«, wiederholte Eddie

Phelps, doch es war wie ein gedankenloses Echo, das Michael nicht half.

»Ich habe von solchen Geschichten gehört. Unter primitiven Völkern«, sagte Phyllis ernsthaft, als wolle sie sagen, sie finde Dickensons Tat durchaus gerechtfertigt.

Michael hatte selbstverständlich den ortsansässigen Arbeiter Peter in seinem Bericht nicht ausgelassen. War nun Dickensons Hammerschlag tödlich gewesen oder der Hieb von Peters Axt? »Mich kümmert die primitive Ethik nicht«, sagte Michael. Sofort war er verwirrt: Was Dickenson anging, scherte ihn genau das Gegenteil des Primitiven.

»Aber was dann?« fragte Phyllis.

»Ja, genau.« Der Colonel blickte zur Decke hinauf.

»Also wirklich, Eddie«, sagte Michael, »eine große Hilfe bist du nicht gerade.«

»Ich würde nichts davon sagen – diese Finger irgendwo vergraben, mit dem Ring. Oder vielleicht den Ring anderswo, zur Sicherheit. Ja.« Der Colonel sprach leise, murmelte fast, sah aber Michael dabei an.

»Ich weiß nicht.« Gladys runzelte nachdenklich die Stirn.

»Ich stimme Onkel Eddie zu«, sagte Phyllis, der klar war, daß Dickenson oben auf sein Urteil wartete. »Mr. Dickenson ist provoziert worden – und zwar gehörig. Und der getötete Mann war anscheinend ein widerlicher Kerl.«

»Das Gesetz sieht das nicht so.« Michael lächelte bitter. »Eine Menge Leute werden gehörig provoziert. Und ein Menschenleben ist und bleibt ein Menschenleben.«

»Aber *wir* sind nicht das Gesetz«, sagte Phyllis, als wären sie in diesem Moment über das Gesetz erhaben.

Genau das hatte Michael gerade gedacht: Sie waren nicht das Gesetz, taten aber so. Er tendierte zu Phyllis' – und Eddies – Linie. »Na gut. Angesichts der ganzen Umstände will ich die Sache lieber nicht melden.«

Gladys aber hielt noch die Stellung. Sie war sich nicht sicher. Er kannte seine Frau gut genug: Ein dauernder Streitpunkt würde das nicht zwischen ihnen werden, selbst wenn sie, im Moment, nicht gleicher Meinung waren. Also sagte er: »Du bist eine gegen drei, Glad. Willst du wirklich wegen so etwas das Leben eines jungen Mannes ruinieren?«

»Stimmt, wir müssen abstimmen. Als wären wir Geschworene«, sagte Eddie.

Gladys sah das ein, sie gab nach. Nur Augenblicke später stieg Michael die Treppe zu seinem Arbeitszimmer hinauf, wo sich der erste Entwurf einer Buchrezension auf der Walze seiner Schreibmaschine rollte, seit vorgestern unangetastet. Zum Glück konnte er den Abgabetermin noch einhalten, ohne sich totzuarbeiten.

»Wir wollen die Sache nicht der Polizei melden«, sagte er.

Dickenson, der aufgestanden war, nickte feierlich, als nehme er ein Urteil entgegen. Der Mann hätte genauso genickt, wenn er ihm das Gegenteil verkündet hätte, dachte Michael.

»Ich lasse die Finger verschwinden«, murmelte Michael und beugte sich vor zu seinem Pfeifentabak.

»Dafür bin doch wohl ich verantwortlich. Lassen Sie sie mich irgendwo vergraben – zusammen mit dem Ring.«

In der Tat war Dickenson dafür verantwortlich, und Michael war froh, diese Aufgabe los zu sein. »In Ordnung. Nun, wollen wir runtergehen? Wollen Sie meine Frau kennenlernen – und meinen Freund, Colonel –«

»Nein, danke. Nicht jetzt«, unterbrach ihn Dickenson. »Ein andermal. Aber würden Sie ihnen meinen – Dank ausrichten?«

Sie nahmen eine andere Treppe am Ende des Flurs hinunter und gingen hinaus zur Garage, deren Schlüssel in Michaels Etui steckte. Einen Moment lang dachte Michael, der Schuhkarton könnte auf geheimnisvolle Weise verschwunden sein, wie in einem Krimi, aber der Karton stand noch genau dort, wo er ihn hingestellt hatte: oben auf den alten Plastikkanistern. Er übergab ihn Dickenson, der in seinem staubigen Triumph nach Norden davonfuhr. Michael betrat das Haus durch die Vordertür.

Die andern nippten schon an den Drinks, die sie sich inzwischen eingeschenkt hatten. Auf einmal fiel eine Last von ihm ab, und er lächelte. »Ich finde, der alte Portland sollte zur Cocktailstunde etwas Besonderes bekommen, nicht?« sagte er, mehr zu Gladys als zu den andern.

Portland Bill betrachtete mehr oder minder gleichgültig eine Schale Eiswürfel. Nur Phyllis hatte mit einem enthusiastischen »Ja!« geantwortet.

Michael ging in die Küche und sprach mit Edna, die gerade ein Brett mit Mehl bestäubte. »Ist noch geräucherter Lachs übrig, vom Lunch?«

»Eine Scheibe, Sir«, erwiderte Edna, als könne jene niemandem serviert werden – und als habe sie sie löblicherweise nicht gegessen, obwohl sie die Gelegenheit dazu hatte.

»Kann ich sie haben, für den alten Bill? Er liebt Lachs.« Als er mit der rosaroten Scheibe auf einer Untertasse ins Wohnzimmer zurückkam, sagte Phyllis: »Ich wette, Mr. Dickenson fährt seinen Wagen auf dem Heimweg zu Schrott. So ist das oft.«

Als ihr einfiel, daß sie sich zu benehmen hatte, flüsterte sie plötzlich: »Weil er sich schuldig fühlt.«

Portland Bill schlang seinen Lachs schnell, doch genießerisch herunter.

Tom Dickenson fuhr seinen Wagen nicht zu Schrott.

Mings fetteste Beute

Ming lag gemütlich am Fuß der Koje seiner Herrin, als der Mann ihn am Nacken ergriff, draußen absetzte und die Kabinentür schloß. Vor Schreck und kurzfristigem Zorn weiteten sich Mings blaue Augen, schlossen sich aber angesichts des gleißenden Sonnenlichts wieder zu Schlitzen. Er war nicht zum ersten Mal unsanft aus der Kabine hinausbefördert worden, und er wußte, daß der Mann es dann tat, wenn Mings Herrin Elaine gerade nicht hersah.

Auf dem Segelboot gab es jetzt keinen Schutz vor der Sonne, doch noch war es Ming nicht zu warm. Gewandt sprang er auf das Kabinendach und betrat die Taurolle gleich hinter dem Mast. Diese Taurolle paßte Ming gut als Sofa, weil er von dort oben alles im Blick hatte, vor starken Winden geschützt war und seine Unterlage in der Mitte der Yacht obendrein das Schwanken und die plötzlichen Kurswechsel der *White Lark* dämpfte. Doch jetzt war das Segel eingeholt worden, weil Elaine und der Mann ihren Lunch gehabt hatten und wie oft nach dem Lunch eine Siesta hielten, und während dieser Zeit wollte der Mann ihn nicht in der Kabine haben, das wußte Ming. Gegen die Lunchzeit hatte Ming nichts. Er selbst hatte soeben köstlichen gegrillten Fisch und ein bißchen Hummer gespeist. Jetzt lag Ming entspannt in die Taurolle geschmiegt, riß gähnend das Schnäuzchen auf und blickte dann aus seinen gegen die grelle Sonne beinahe ganz geschlossenen Augenschlitzen zu den hellbraunen Bergen und den weißen und rosafarbenen Häusern und Hotels, die die Bucht von Acapulco umschlossen. Zwischen der *White Lark* und dem Strand, wo Badende unhörbar planschten, blinkte die Sonne auf der Wasseroberfläche wie Tausende winziger elektrischer Lichter, die an- und ausgingen. Ein Wasserskifahrer flitzte vorbei, eine weiße Gischtspur hinter sich herziehend. Welcher Aufwand! Ming döste fast und spürte, wie die Hitze der Sonne sich in sein Fell grub. Er stammte aus New York und betrachtete Acapulco als gewaltigen Fortschritt gegenüber der Umgebung in seinen ersten Lebenswochen. Er erinnerte sich an eine lichtarme Kiste, mit Stroh ausgelegt, und drei oder vier weitere junge Kätzchen und ein Fenster, hinter dem riesige Gestalten für einen Augenblick stehenblieben, klopften, um seine Aufmerksamkeit zu erregen, und weitergingen. An seine Mutter erinnerte er sich überhaupt nicht. Eines Tages kam eine junge Frau, die nach etwas Angenehmem roch, herein und nahm ihn mit – weg von dem scheußlichen, erschreckenden Geruch nach Hunden, Medikamenten und Papageienkot. Dann fuhren sie mit etwas, das, wie Ming inzwischen wußte, ein Flugzeug war. Inzwischen war er an Flugzeuge gewöhnt und konnte sie gut leiden. Im Flugzeug saß und schlief er auf Elaines Schoß, und wenn er Hunger hatte, gab es immer etwas zu naschen.

Elaine verbrachte jeden Tag viel Zeit in einem Laden in Acapulco, wo an allen Wänden Kleider und Hosen und Badeanzüge hingen. Dort roch es sauber und frisch, vor dem Laden waren Blumen in Töpfen und Blumenkästen, und der Boden bestand aus kühlen blauen und weißen Fliesen. Ming konnte nach Belieben in den Hof hinter dem Laden spazieren oder in seinem Körbchen in einer Ecke schlafen. Vor dem Laden war mehr Sonne, aber freche Jungen hatten es oft auf Ming abgesehen, wenn er vor dem Laden saß, und deshalb konnte er sich dort nicht ausruhen.

Am liebsten lag Ming zusammen mit seiner Herrin auf einem der Liegestühle auf ihrer Terrasse zu Hause. Weniger lieb waren ihm die Menschen, die sie manchmal einlud, die über Nacht blieben, zu Dutzenden bis tief in die Nacht aufblieben und aßen und tranken und Grammophon oder Klavier spielten – die ihn von Elaine trennten. Menschen, die ihm auf die Pfoten traten, die ihn manchmal von hinten hochhoben, bevor er sich wehren konnte, so daß er sich sträuben und winden mußte, um sich zu befreien, die ihn ungeschickt streichelten, die irgendwelche Türen schlossen und ihn dabei einsperrten. *Menschen!* Ming verabscheute Menschen. Auf der ganzen Welt konnte er nur Elaine leiden. Elaine liebte ihn und verstand ihn.

Vor allem diesen Mann namens Teddie verabscheute Ming in letzter Zeit. Teddie war seit neuestem dauernd anwesend. Ming gefiel es nicht, wie Teddie ihn beäugte, wenn Elaine nicht zusah. Und manchmal murmelte Teddie, wenn Elaine nicht zuhörte, Worte, die, wie Ming wußte, eine Drohung waren. Oder ein Befehl, den Raum zu verlassen. Ming nahm das gelassen. Es galt die Würde zu wahren. Und war seine Herrin etwa nicht auf seiner Seite? Der Eindringling war der Mann. Wenn Elaine zusah, tat der Mann manchmal, als möge er Ming, doch Ming ging ihm stets graziös, aber unmißverständlich aus dem Weg.

Mings Nickerchen wurde vom Geräusch der sich öffnenden Kabinentür unterbrochen. Er hörte Elaine und den Mann lachen und sprechen. Die große orangerote Sonne näherte sich dem Horizont.

»Ming!« Elaine trat zu ihm. »Herzchen, was machst du in dieser Hitze? Ich dachte, du wärst drinnen!«

»Das dachte ich auch!« sagte Teddie.

Ming schnurrte, wie immer beim Aufwachen. Elaine hob ihn sanft hoch, schmiegte ihn in ihre Arme und trug ihn hinunter in den mit einem Mal kühlen Schatten der Kabine. Sie sprach zu dem Mann, in nicht gerade freundlichem Ton. Sie setzte Ming vor seiner Wasserschüssel ab; obwohl er nicht durstig war, trank er ihr zuliebe ein bißchen. Von der Hitze war ihm schwindelig, und er taumelte leicht.

Elaine nahm ein nasses Handtuch und wischte Ming das Gesicht, die Ohren und die Pfoten ab. Dann legte sie ihn behutsam auf die Koje, die nach ihrem Parfum roch, aber auch nach dem Mann, den Ming verabscheute.

Jetzt stritten seine Herrin und der Mann, das hörte Ming an ihrem Tonfall. Elaine blieb bei Ming auf der Kante der Koje sitzen. Und endlich hörte Ming das Platschen, das bedeutete, daß Teddie ins Wasser gesprungen war. Ming hoffte, daß er dort blieb, hoffte, daß er ertrank, hoffte, daß er wegblieb. Elaine machte in dem Aluminiumspülbecken ein Handtuch naß, wrang es aus, breitete es auf die Koje und setzte Ming darauf. Sie holte Wasser, und Ming, der jetzt durstig war, trank. Während er einschlief, spülte sie das Geschirr und räumte es weg. Es waren gemütliche Geräusche, die Ming gern hörte.

Doch schon bald ertönte ein neues Platschen und das Tappen von Teddies nassen Füßen auf Deck, und Ming wurde wieder wach.

Das Streiten hob wieder an. Elaine ging die paar Stufen zum Deck hinauf. Angespannt, das Kinn jedoch weiterhin auf dem feuchten Handtuch, behielt Ming die Kabinentür im Blick. Er hörte Teddies Schritte herunterkommen. Ming hob leicht den Kopf; er wußte, daß es keinen zweiten Ausgang gab, daß er in der Kabine gefangen war. Der Mann blieb stehen, ein Handtuch in Händen, und starrte Ming an.

Ming entspannte sich, als wollte er gähnen, und dabei schielte er ein wenig, und dann glitt ihm die Zunge ein Stück aus dem Mund. Der Mann wollte etwas sagen, sah aus, als wollte er das zusammengerollte Handtuch nach Ming werfen, doch dann zögerte er, behielt für sich, was er hatte sagen wollen, warf das Handtuch in das Spülbecken und beugte sich darüber, um sich das Gesicht zu waschen. Ming hatte Teddie nicht zum ersten Mal die Zunge herausgestreckt. Die meisten lachten, wenn er das tat, bei Partys beispielsweise, und Ming fand das recht amüsant. Aber er spürte, daß Teddie es als Akt der Aggression auffaßte, und deshalb streckte er Teddie absichtlich die Zunge heraus, während es ihm bei anderen Leuten eher versehentlich passierte.

Der Streit nahm kein Ende. Elaine machte Kaffee. Ming fühlte sich allmählich besser und ging wieder auf Deck hinaus, denn die Sonne war inzwischen untergegangen. Elaine hatte den Motor angeworfen; sie glitten langsam dem Strand entgegen. Ming fing Vogelgesang auf, sonderbare Rufe wie schrille Sätze, geäußert von Vögeln, die erst bei Sonnenuntergang die Stimme erhoben. Ming freute sich auf das Adobeziegelhaus auf den Klippen, das sein und seiner Herrin Zuhause war. Er wußte, daß sie ihn nicht zu Hause ließ (wo es für ihn bequemer gewesen wäre), wenn sie mit dem Boot hinausfuhr, weil sie befürchtete, man könnte ihn einfangen oder sogar umbringen. Ming verstand das. Man hatte ihn fast vor Elaines Augen zu stehlen versucht. Einmal war er in einem Wäschesack weggeschafft worden, und obwohl er sich aus Leibeskräften gewehrt hatte, bezweifelte er, daß er sich hätte befreien können, wenn Elaine nicht dem Jungen eine heruntergehauen und ihm den Sack entrissen hätte.

Ming hatte vorgehabt, wieder auf das Kabinendach zu springen, doch nach einem Blick hinauf beschloß er, seine Kräfte zu schonen, und kauerte sich mit eingezogenen Pfoten auf das warme, leise schaukelnde Deck und schaute dem näherkommenden

Strand entgegen. Jetzt konnte er Gitarrenmusik vom Strand herwehen hören. Die Stimmen seiner Herrin und des Mannes verstummten. Einen Augenblick lang war das lauteste Geräusch das *Tschak-tschak-tschak* des Schiffsmotors. Dann hörte Ming die nackten Füße des Mannes die Stufen vor der Kabine heraufkommen. Ming drehte nicht den Kopf zu ihm um, doch seine Ohren zuckten unwillkürlich zurück. Er schaute auf das Wasser, das vor und unter ihm in Entfernung eines kurzen Sprungs lag. Merkwürdigerweise war von dem Mann hinter ihm kein Laut zu vernehmen. Die Haare in Mings Nakken sträubten sich, und Ming warf einen Blick über die rechte Schulter.

Im gleichen Augenblick beugte der Mann sich vor und stürzte sich mit ausgebreiteten Armen auf Ming.

Ming war sofort auf den Beinen und sprang auf den Mann zu, in die einzige sichere Richtung auf dem Deck ohne Geländer, aber der Mann holte mit dem linken Arm aus und traf Ming vor die Brust. Ming wurde zurückgeschleudert, seine Krallen scharrten über Deck, und mit den Hinterbeinen rutschte er über Bord. Mit den Vorderpfoten klammerte er sich an das glatte Holz, das ihm wenig Halt bot, während seine Hinterpfoten sich abmühten, ihn auf Deck zurückzubugsieren, sich auf der Seite des Bootes abmühten, die in einem für Ming ungünstigen Winkel geneigt war.

Der Mann trat vor, um Mings Pfoten mit dem Fuß wegzustoßen, doch in diesem Augenblick kam Elaine die Treppe herauf.

»Was ist los? *Ming!*«

Nach und nach manövrierten Mings kräftige Hinterbeine ihn zurück auf Deck. Der Mann war niedergekniet, als wollte er helfen. Elaine hatte sich ebenfalls auf die Knie geworfen und hielt Ming jetzt am Nacken gepackt. Ming entspannte sich, auf Deck gekauert. Sein Schwanz war naß.

»Er ist über Bord gefallen!« sagte Teddie. »Ungelogen, das macht der Sonnenstich. Er hat das Gleichgewicht verloren und ist runtergefallen, als das Boot einen Hopser gemacht hat.«

»Das kommt von der Sonne. Armer Ming!« Elaine hielt die Katze an die Brust gedrückt und trug sie behutsam in die Kabine. »Teddie, kannst du bitte das Steuer übernehmen?«

Der Mann kam in die Kabine herunter. Elaine hatte Ming auf die Koje gesetzt und sprach leise zu ihm. Mings Herz klopfte noch heftig. Er war auf der Hut vor dem Mann am Steuer, obwohl Elaine bei ihm war. Ming war sich dessen gewahr, daß sie in die kleine Bucht eingefahren waren, die sie immer ansteuerten, bevor sie von Bord gingen.

Hier befanden sich Teddies Freunde und Verbündete, die Ming aus diesem Grund verabscheute, obwohl es lediglich mexikanische Jungen waren. Zwei, drei Jungen in Shorts riefen: »Señor Teddie!« und streckten die Hand aus, um Elaine zum Dock hochzuhelfen, ergriffen das Tau vorne am Boot und boten an, »Ming! Ming!« zu tragen. Ming sprang aus eigener Kraft auf das Dock und wartete geduckt auf Elaine, bereit, wegzuspringen, sobald eine andere als ihre Hand ihn berühren sollte – und es waren viele braune Hände da, die nach ihm griffen, so daß Ming nicht zur Ruhe kam. Gelächter, Ausrufe, das Getrappel nackter Füße auf Holzplanken. Doch gleichzeitig Elaines beruhigende Stimme, die sie wegscheuchte. Ming wußte, daß Elaine damit beschäftigt war, die Plastiktaschen einzusammeln und die Kabinentür abzuschließen. Mit Hilfe eines der mexikanischen Jungen spannte Teddie jetzt die Segeltuchplane über die Kabine. Elaines sandalenbekleidete Füße tauchten neben Ming auf. Ming folgte ihr. Ein Junge nahm Elaine die Sachen ab, die sie trug, und sie hob Ming auf.

Sie stiegen in den großen Wagen ohne Dach, der Teddie gehörte, und fuhren die gewundene Straße zu Elaines und Mings Haus hinauf. Einer der Jungen saß am Steuer. Der Ton, in dem Elaine und Teddie sich unterhielten, war jetzt ruhiger und friedlicher.

Der Mann lachte. Ming saß angespannt auf dem Schoß seiner Herrin. Daran, wie sie ihn streichelte und seinen Nacken kraulte, konnte er spüren, daß sie um ihn besorgt war. Der Mann streckte die Hand aus, um Mings Rücken zu berühren, und Ming ließ ein leises, unruhiges Knurren hören, zuerst tief, dann hoch, dann wieder tief.

»Na, na«, sagte der Mann mit gespielter Heiterkeit und zog die Hand zurück.

Elaines Stimme verstummte mitten im Satz. Ming war müde und wünschte sich nichts sehnlicher, als auf dem großen Bett zu Hause ein Nickerchen zu halten. Auf dem Bett lag eine dünne Wolldecke mit roten und weißen Streifen.

Kaum hatte Ming den Gedanken zu Ende gedacht, befand er sich schon in der kühlen, wohlriechenden Atmosphäre seines Zuhauses und wurde behutsam auf das Bett mit der weichen wollenen Decke gesetzt. Seine Herrin küßte ihn auf die Wange und sagte etwas, worin das Wort »hungrig« vorkam. Ming hatte verstanden. Er sollte ihr Bescheid sagen, wenn er hungrig war.

Ming döste und erwachte erst, als er in einigen Metern Entfernung auf der Terrasse hinter den offenen Glastüren Stimmen hörte. Inzwischen war es dunkel. Ming konnte ein Ende des Tischs sehen, und an der Art des Lichts erkannte er, daß Kerzen auf dem Tisch standen. Concha, das Hausmädchen, das im Haus wohnte, räumte den Tisch ab. Ming hörte ihre Stimme und dann die Stimmen Elaines und des Mannes. Er roch Zigarrenrauch. Er sprang auf den Boden und blieb einen Augenblick sitzen, den Blick durch die Tür zur Terrasse gerichtet. Er gähnte, machte einen Buckel, streckte sich und lockerte seine Muskeln, indem er die Krallen in den dicken Sisalteppich grub. Dann schlüpfte er zur Rechten auf die Terrasse und glitt lautlos die breiten Steinstufen in den Garten hinunter. Der Garten war wie ein Dschungel oder ein Wald. Avocado- und Mangobäume reichten bis zur Terrasse empor, an der Mauer wuchsen Bougainvilleen, in den Bäumen Orchideen, und es gab Magnolien und einige Kamelienbüsche, die Elaine gepflanzt hatte. Ming hörte Vögel zwitschern und sich in ihren Nestern regen. Manchmal erkletterte er Bäume, um an die Nester zu gelangen, doch danach stand ihm heute abend nicht der Sinn, obwohl er nicht mehr müde war. Die Stimmen seiner Herrin und des Mannes verstörten ihn. Heute abend war seine Herrin auf den Mann nicht gut zu sprechen, soviel war ihm klar.

Concha war wahrscheinlich noch in der Küche; Ming beschloß, sie aufzusuchen und um etwas zu essen zu bitten. Concha konnte ihn gut leiden. Ein Hausmädchen, das ihn nicht leiden konnte, war von

Elaine entlassen worden. Ming dachte sich, daß gegrilltes Schweinefleisch mit Barbecuesauce nicht übel wäre. Das hatten seine Herrin und der Mann vorhin gegessen. Eine frische Brise blies vom offenen Meer herein und zauste sacht Mings Fell. Ming hatte sich vollständig von dem schrecklichen Erlebnis erholt, bei dem er beinahe ins Meer gestürzt wäre.

Jetzt war die Terrasse menschenleer. Ming ging nach links in das Schlafzimmer zurück und spürte sofort die Gegenwart des Mannes, obwohl es dunkel war und Ming ihn nicht sehen konnte. Der Mann stand neben dem Toilettentisch und öffnete eine Schatulle. Wieder ließ Ming unwillkürlich ein leises Knurren hören, das stieg und fiel, und verharrte in der Körperhaltung, in der er auf den Mann aufmerksam geworden war, die rechte Vorderpfote für den nächsten Schritt ausgestreckt. Jetzt hatte er die Ohren zurückgelegt, bereit, in jede Richtung loszuspringen, obwohl der Mann ihn noch nicht gesehen hatte.

»Psst! Blödes Vieh!« flüsterte der Mann und stampfte leise auf, um die Katze zu verscheuchen.

Ming regte sich nicht. Er hörte das leise Klirren der weißen Halskette, die seiner Herrin gehörte. Der Mann steckte sie in die Tasche und bewegte sich dann nach rechts, zu der Tür hinaus, die in das große Wohnzimmer führte. Jetzt hörte Ming das Klirren von Flasche und Glas, hörte, wie eine Flüssigkeit eingeschenkt wurde. Ming ging durch dieselbe Tür und wandte sich dann nach links der Küche zu.

Dort miaute er und wurde von Elaine und Concha begrüßt. Concha hatte in ihrem Radio Musik laufen.

»Fisch? – Schwein. Er mag Schwein«, sagte Elaine mit den eigenartigen Worten, die sie Concha gegenüber verwendete.

Ohne große Schwierigkeiten gelang es Ming, seine Vorliebe für Schweinefleisch auszudrücken, und er bekam das Gewünschte, über das er sich mit Heißhunger hermachte. Concha rief: »Ahiii!«, während seine Herrin ihr ausgiebig etwas berichtete. Dann bückte Concha sich, um ihn zu streicheln, und Ming ließ es sich gefallen, den Blick auf seine Schüssel gerichtet, bis Concha ihn in Ruhe ließ und er seine Mahlzeit beenden konnte. Dann verließ Elaine die Küche. Concha gab ihm ein wenig von der Kondensmilch, die er liebte, in seine geleerte Schüssel, und Ming leckte sie auf. Dann rieb er sich zum Dank an Conchas nacktem Bein und verließ die Küche, betrat vorsichtig das Wohnzimmer auf dem Weg zum Schlafzimmer. Doch Elaine und der Mann waren jetzt draußen auf der Terrasse. Ming hatte das Schlafzimmer gerade betreten, als er Elaine rufen hörte: »Ming! Wo bist du?«

Ming ging zur Terrassentür, blieb stehen und setzte sich auf die Türschwelle.

Elaine saß seitlich am Ende des Tischs; das Kerzenlicht fiel hell auf ihr langes blondes Haar und ihre weiße Hose. Sie klopfte sich auf den Schenkel, und Ming sprang ihr auf den Schoß.

Der Mann sagte leise etwas, was nicht nett klang.

Elaine erwiderte etwas im gleichen Ton. Aber sie lachte dabei.

Dann klingelte das Telefon.

Elaine setzte Ming ab und ging ins Wohnzimmer.

Der Mann trank sein Glas aus, murmelte etwas, an Ming gerichtet, und stellte sein Glas auf dem Tisch ab. Er stand auf und versuchte, um Ming herumzugehen oder an den Rand der Terrasse zu treten, wie Ming auffiel – und Ming fiel außerdem auf, daß der Mann betrunken war und sich deshalb langsam und ein wenig linkisch bewegte. Der Terrasse entlang verlief ein etwa hüfthohes Geländer, an drei Stellen von Gitterwerk unterbrochen, dessen Stäbe genug Zwischenraum boten, daß Ming hindurchschlüpfen konnte, obwohl er das nie tat, sondern lediglich ab und zu hindurchblickte. Ming zweifelte nicht daran, daß der Mann ihn durch eines der Gitter jagen oder ihn packen und über die Terrassenbrüstung werfen wollte. Nichts leichter für Ming, als ihm zu entwischen. Dann ergriff der Mann einen Stuhl und warf ihn und traf Ming an der Hüfte. Ein kurzer, heftiger Schmerz. Ming nahm den nächsten Fluchtweg über die Treppenstufen, die in den Garten führten.

Der Mann kam hinter ihm die Treppe herunter. Ohne zu überlegen, flitzte Ming die Stufen wieder hinauf und hielt sich eng an die Wand, die im Schatten lag. Der Mann hatte ihn nicht gesehen. Ming sprang auf die Terrassenbrüstung, setzte sich und leckte sich kurz die Pfote, um sich zu beruhigen und zu sammeln. Sein Herz klopfte so heftig wie bei einem Kampf. Und Haß pulste durch seine Adern. Haß brannte in seinen Augen, als er auf die Schritte des Mannes lauerte, die unsicher die Treppe weiter unten hinaufstiegen. Dann kam der Mann in sein Blickfeld.

Ming duckte sich und schnellte dann mit aller Kraft vor, landete mit allen vier Pfoten auf dem rechten Ärmel des Mannes in Schulternähe. Ming hielt sich an dem Stoff der weißen Jacke des Mannes fest, doch beide stürzten. Der Mann stöhnte. Ming ließ sich nicht abschütteln. Zweige splitterten. Ming wußte nicht, wo unten und oben war. Er sprang von dem Mann fort, merkte zu spät, in welcher Richtung sich der Boden befand, und landete auf der Seite. Fast gleichzeitig hörte er den dumpfen Aufprall, mit dem der Mann zu Boden ging, dann das

Geräusch, mit dem sein Körper weiterrollte, und dann trat Stille ein. Ming mußte mit offenem Schnäuzchen hecheln, bis seine Brust nicht mehr schmerzte. Aus der Richtung des Mannes erschnupperte er Alkohol, Zigarrenrauch und den scharfen Geruch, der Angst bedeutet. Aber der Mann bewegte sich nicht.

Ming konnte inzwischen ganz gut sehen. Spärliches Mondlicht schimmerte. Ming machte sich zu den Treppenstufen auf, mußte lange durch das Gebüsch gehen, über Steine und Sand, bis er die Treppe erreichte. Dann glitt er die Stufen empor und gelangte wieder auf die Terrasse.

Elaine trat gerade aus dem Zimmer auf die Terrasse.

»Teddie?« rief sie. Sie ging ins Schlafzimmer zurück und schaltete eine Lampe ein, ging weiter in die Küche. Ming folgte ihr. Concha hatte das Licht angelassen, aber sie war jetzt in ihrem eigenen Zimmer, wo das Radio lief.

Elaine öffnete die Haustür.

Der Wagen des Mannes stand noch in der Einfahrt, wie Ming sah. Mings Hüfte begann zu schmerzen, oder er bemerkte die Schmerzen erst jetzt. Er hinkte leicht. Elaine sah es, berührte seinen Rücken und fragte ihn, was los sei. Ming schnurrte nur.

»Teddie? – Wo steckst du?« rief Elaine.

Sie nahm eine Taschenlampe und leuchtete in den Garten hinunter, zwischen die großen Stämme der Avocadobäume, zwischen die Orchideen und den Lavendel und die rosa Blüten der Bougainvilleen. Ming, in Sicherheit neben ihr, folgte dem Lichtstrahl mit den Augen und schnurrte voll Behagen. Der Mann war nicht hier unten, sondern weiter rechts. Elaine ging zur Treppe, vorsichtig, denn an dieser Stelle gab es kein Geländer, sondern nur die breiten Stufen, richtete sie den Lichtstrahl nach unten. Ming schaute nicht einmal hin. Er saß am Rand der Terrasse, wo die Stufen begannen.

»Teddie!« sagte Elaine. *»Teddie!«* Dann lief sie die Treppe hinunter.

Ming folgte ihr noch immer nicht. Er hörte, wie sie die Luft einsog. Dann schrie sie: *»Concha!«*

Elaine rannte die Treppe hinauf.

Concha war aus ihrem Zimmer gekommen. Elaine redete auf sie ein. Dann wurde Concha ganz aufgeregt. Elaine ging zum Telefon und sprach dort einen Augenblick, und dann ging sie zusammen mit Concha die Treppe hinunter. Ming machte es sich mit eingezogenen Pfoten auf der Terrasse bequem, die noch Reste der Sonnenwärme abstrahlte. Ein Wagen fuhr vor. Ming hielt sich auf der Terrasse im Hintergrund, in einem schattigen Winkel, während drei, vier fremde Männer die Terrasse betraten und die Treppe hinunterstapften. Unten wurde laut geredet, Füße trampelten, Zweige brachen, und dann stieg der Geruch von ihnen allen nach oben, der Geruch von Tabak und Schweiß und der vertraute Blutgeruch. Das Blut des Mannes. Ming war erfreut, wie er es war, wenn er einen Vogel tötete und mit den eigenen Zähnen diesen Blutgeruch erzeugte. Das hier war fette Beute. Unbemerkt von den anderen richtete Ming sich zu voller Größe auf, als die Gruppe mit der Leiche vorbeikam, und atmete mit erhobener Nase den betäubenden Duft seines Sieges ein.

Und auf einmal war das Haus leer. Alle waren fort, sogar Concha. Ming trank ein wenig Wasser aus seiner Schüssel in der Küche, ging dann zum Bett seiner Herrin, schmiegte sich gegen die aufeinandergetürmten Kissen und schlief schnell ein. Ihn weckte das *Rr-rr-r* eines unvertrauten Wagens. Dann wurde die Haustür geöffnet, und er erkannte Elaines und dahinter Conchas Schritte. Ming blieb, wo er war. Elaine und Concha unterhielten sich leise ein paar Minuten lang. Dann kam Elaine in das Schlafzimmer. Die Lampe war noch eingeschaltet. Ming sah zu, wie Elaine langsam die Schatulle auf ihrem Toilettentisch öffnete und mit leisem Klirren die weiße Halskette hineingleiten ließ. Dann schloß sie die Schatulle. Sie begann ihre Bluse aufzuknöpfen, doch bevor sie damit fertig war, warf sie sich auf das Bett und streichelte Ming den Kopf, nahm seine linke Vorderpfote in die Hand und drückte sie sacht, so daß die Krallen sichtbar wurden.

»O Ming – Ming«, sagte sie.

Ming hörte den Klang der Liebe.

Der leere Nistkasten

Als Edith es zum ersten Mal sah, lachte sie und traute ihren Augen nicht.

Sie trat einen Schritt zur Seite und sah noch einmal hin; es war noch immer da, wenn auch weniger deutlich zu erkennen. Ein Gesicht wie das eines Eichhörnchens – allerdings dämonisch in seiner Intensität – sah sie durch das runde Loch im Nistkasten an. Das war natürlich eine Täuschung oder eine Art Schatten, oder es hing mit der Maserung des Holzes auf der Rückseite des Nistkastens zusammen. Dieser war fünfzehn Zentimeter breit und fünfundzwanzig Zentimeter hoch und hing im vollen Sonnenlicht in der Ecke, wo der Geräteschuppen an die Gartenmauer stieß. Edith ging darauf zu, bis sie nur noch drei Meter entfernt war. Das Gesicht verschwand.

Komisch, dachte sie, als sie wieder ins Haus ging. Das mußte sie heute abend Charles erzählen.

Doch sie vergaß, es Charles zu erzählen.

Drei Tage später sah sie das Gesicht abermals, und

zwar, als sie sich aufrichtete, nachdem sie zwei leere Milchflaschen auf die Treppe zur Hintertür gestellt hatte. Zwei schwarze Knopfaugen sahen sie unverwandt aus dem Nistkasten an, und sie schienen von bräunlichem Fell umrahmt zu sein. Edith zuckte zusammen und erstarrte. Sie glaubte zwei runde Ohren und ein Maul erkennen zu können, das weder einem Vogel noch einem anderen Tier gehörte, sondern einfach grimmig und grausam aussah.

Dabei wußte sie, daß der Nistkasten leer war. Die Blaumeisenfamilie war vor Wochen ausgeflogen, und für die Jungvögel war es auch höchste Zeit gewesen, denn die Katze der Masons nebenan hatte sich für sie interessiert; sie konnte das Flugloch, das Charles ein wenig zu groß gemacht hatte, vom Dach des Geräteschuppens aus mit der Pfote erreichen. Doch Edith und Charles hatten Jonathan immer wieder verscheucht, bis die Vögel ausgeflogen waren. Danach, Tage später, hatte Charles den Nistkasten abgenommen – er war wie ein Bild mit einem Draht an einem Nagel befestigt – und ihn geschüttelt, um die Reste des Nestes zu entfernen. Blaumeisen zogen manchmal noch eine zweite Brut auf, sagte er. Bis jetzt hatten sie es allerdings nicht getan – das wußte Edith genau, denn sie hatte den Nistkasten beobachtet.

Und Eichhörnchen benutzten keine Nistkästen. Oder doch? Jedenfalls gab es in dieser Gegend keine

Eichhörnchen. Und Ratten? Die würden niemals einen Nistkasten bewohnen. Und wie sollten sie auch hineinkommen – sie konnten ja nicht fliegen.

Dies alles ging Edith durch den Kopf, während sie auf das dämonische braune Gesicht starrte und die durchdringend blickenden schwarzen Augen zurückstarrten.

Ich werde einfach hingehen und nachsehen, was es ist, dachte Edith und trat auf den Weg, der zum Geräteschuppen führte. Doch nach nur drei Schritten blieb sie stehen. Sie wollte nicht den Nistkasten anfassen und gebissen werden – womöglich von den schmutzigen Zähnen eines Nagetiers. Sie würde es heute abend Charles sagen. Jetzt, da sie nähergekommen war, konnte sie das Tier deutlicher sehen. Es war keine optische Täuschung.

Ihr Mann Charles Beaufort war Computerfachmann und arbeitete in einer acht Meilen entfernten Fabrik. Als Edith ihm erzählte, was sie gesehen hatte, runzelte er leicht die Stirn und lächelte. »Tatsächlich?« sagte er.

»Vielleicht habe ich mich ja getäuscht. Aber ich möchte trotzdem, daß du das Ding noch mal schüttelst und nachsiehst, ob irgendwas darin ist«, sagte Edith. Auch sie lächelte jetzt, aber ihr Ton war ernst.

»Na gut«, sagte Charles schnell und wechselte das Thema. Sie waren beim Abendessen.

Als sie die Teller in die Geschirrspülmaschine stellten, mußte Edith ihn an sein Versprechen erinnern. Sie wollte, daß er nachsah, bevor es dunkel wurde. Also ging Charles hinaus, und Edith stand in der Tür und sah zu. Er klopfte an den Nistkasten und lauschte mit schief gelegtem Kopf. Dann nahm er den Kasten von der Wand, schüttelte ihn, drehte ihn langsam, bis das Loch nach unten zeigte, und schüttelte ihn abermals.

»Absolut nichts«, rief er Edith zu. »Nicht mal ein Strohhalm.« Er lächelte seiner Frau breit zu und hängte den Nistkasten wieder auf. »Ich frage mich, was du gesehen haben könntest. Du hattest vorher nicht zufällig ein paar Gläser Scotch getrunken?«

»Nein. Ich hab's dir doch beschrieben.« Edith fühlte sich plötzlich leer, als hätte man ihr etwas weggenommen. »Der Kopf war etwas größer als der eines Eichhörnchens, und es hatte schwarze Knopfaugen und einen irgendwie ernsten Mund.«

»Einen ernsten Mund!« Charles warf den Kopf in den Nacken und lachte, als er ins Haus trat.

»Einen angespannten Mund. Es sah grimmig aus«, sagte Edith mit Nachdruck.

Und dann sprach sie nicht mehr darüber. Sie setzten sich ins Wohnzimmer. Charles blätterte die Zeitung durch und nahm sich dann einen Aktenordner vor, den er von der Arbeit mitgebracht hatte. Edith hatte einen Katalog vor sich und versuchte, Kacheln für die Küchenwand auszusuchen. Blau und weiß oder rosa, weiß und blau? Sie war nicht in der Stimmung für eine Entscheidung, und Charles war nie eine große Hilfe, denn er sagte immer nur freundlich: »Ich bin mit allem einverstanden, was du aussuchst.«

Edith war vierunddreißig. Sie und Charles waren seit sieben Jahren verheiratet. Im zweiten Jahr ihrer Ehe war Edith schwanger gewesen, hatte das Kind aber verloren. Sie hatte panische Angst vor der Geburt gehabt und das Kind im Grunde absichtlich verloren. Das sollte heißen, daß sie sich, wenn sie ehrlich war, mit voller Absicht die Treppe hinuntergestürzt hatte. Die Fehlgeburt war auf diesen Unfall zurückgeführt worden.

Sie hatten nie versucht, ein zweites Kind zu bekommen. Sie und Charles sprachen nicht einmal über diese Möglichkeit.

Sie fand, daß sie und Charles ein glückliches Paar waren. Charles verdiente gut bei Pan-Com Instruments, und sie hatten mehr Geld und mehr Freiheit als mehrere ihrer Nachbarn, die mit zwei oder mehr Kindern belastet waren. Beide hatten gern Gäste – Edith bewirtete sie zu Hause und Charles auf dem Boot, einer 10-Meter-Motoryacht mit vier Betten. Bei schönem Wetter fuhren sie an den Wochenenden auf dem Fluß und den Kanälen herum. Edith konnte an Bord beinahe ebensogut kochen wie in ihrer Küche, und Charles kümmerte sich um die Drinks, die Angelausrüstung und den Plattenspieler. Und auf Wunsch tanzte er auch einen Hornpipe.

Während des nächsten Wochenendes – sie fuhren nicht mit dem Boot, weil Charles einige Arbeit zu erledigen hatte – warf Edith immer wieder einen Blick auf den leeren Nistkasten. Sie war jetzt beruhigt, denn sie *wußte,* daß nichts darin war. Wenn die Sonne darauf schien, sah sie durch das Loch nur das blassere Braun der Rückwand, und wenn der Kasten im Schatten lag, war das Loch einfach schwarz.

Am Montag nachmittag wechselte sie die Bettwäsche, damit der Wäschereifahrer, der um drei Uhr kam, sie mitnehmen konnte, und als Edith eine Decke vom Boden aufhob, sah sie etwas darunter hervorflitzen. Es rannte durch den Raum und zur Tür hinaus – es war braun und größer als ein Eichhörnchen.

Edith schnappte nach Luft und ließ die Decke fallen. Auf Zehenspitzen ging sie zur Schlafzimmertür, blickte in den Flur und die Treppe hinunter, deren oberste fünf Stufen sie sehen konnte.

Was für ein Tier machte keinerlei Geräusch, nicht einmal auf nackten Holzstufen? Hatte sie wirklich etwas gesehen? Eigentlich war sie sicher. Sie hatte sogar die kleinen schwarzen Augen erkannt. Es war das Tier, das aus dem Nistkasten gespäht hatte.

Ihr blieb nichts anderes übrig, als es zu finden, sagte sie zu sich selbst. Sogleich dachte sie an den Hammer, der ihr im Notfall als Waffe dienen konnte, doch der Hammer war unten. Darum nahm sie statt dessen ein schweres Buch und ging vorsichtig hinunter, und als ihr Blickfeld sich am Fuß der Treppe weitete, blickte sie sich nach allen Seiten um.

Im Wohnzimmer war nichts zu sehen. Aber das Tier konnte ja unter dem Sofa oder dem Sessel sitzen.

Edith ging in die Küche und nahm den Hammer aus der Schublade. Dann kehrte sie ins Wohnzimmer zurück und verschob den Sessel mit einer raschen Bewegung um einen Meter. Nichts. Sie stellte fest, daß sie zuviel Angst hatte, sich zu bücken und unter das Sofa zu sehen, dessen Behang beinahe bis zum Boden reichte, doch sie schob es ein paar Zentimeter zur Seite und lauschte. Nichts.

Vielleicht hatten ihre Augen ihr ja doch einen Streich gespielt, dachte sie, und es war bloß so etwas wie ein Schatten gewesen, der durch ihr Blickfeld geschwebt war, nachdem sie sich über das Bett gebeugt hatte.

Sie beschloß, Charles nichts davon zu sagen. Dennoch war das, was sie im Schlafzimmer gesehen hatte, in gewisser Weise wirklicher gewesen als das, was sie im Nistkasten gesehen hatte.

Ein junges Yuma, dachte sie eine Stunde später, als sie in der Küche einen Braten mit Mehl bestäubte. Ein Yuma. Woher hatte sie diesen Namen nur? Gab es ein solches Tier überhaupt? Hatte sie in einer Illustrierten ein Foto davon gesehen oder das Wort irgendwo gelesen?

Edith zwang sich, alles, was sie in der Küche hatte tun wollen, zu Ende zu bringen, bevor sie an das Regal mit dem großen Wörterbuch ging und das Wort nachschlug. Doch es stand nicht im Wörterbuch. Eine Täuschung, dachte sie. So wie das Tier wahrscheinlich eine Sinnestäuschung gewesen war. Dennoch war es seltsam, wie gut die beiden Täuschungen zusammenpaßten – als wäre dieser Name genau der richtige für dieses Tier.

Zwei Tage später, als Edith und Charles ihre Kaffeetassen in die Küche brachten, sah sie es unter – oder hinter – dem Kühlschrank hervorschießen und schräg über die Schwelle ins Eßzimmer rennen. Sie hätte beinahe Tasse und Untertasse fallen lassen, konnte sie jedoch gerade noch auffangen. Sie klirrten in ihrer Hand.

»Was ist los?« fragte Charles.

»Ich hab's wieder gesehen!« sagte Edith. »Das Tier.«

»Was?«

»Ich hab dir das nicht erzählt«, begann sie, und ihre Kehle war mit einem Mal wie ausgetrocknet, als wäre sie im Begriff, ein peinliches Geständnis zu machen. »Ich glaube, ich habe das Ding – das Ding, das im Nistkasten war – am Montag oben in unserem Schlafzimmer gesehen. Und ich glaube, jetzt habe ich es wieder gesehen. Gerade eben.«

»Edith, Liebling, im Nistkasten war nichts.«

»Als du nachgesehen hast, nicht. Aber dieses Tier ist blitzschnell. Beinahe, als würde es fliegen.«

Charles' Gesicht nahm einen besorgteren Ausdruck an. Er blickte dorthin, wohin sie blickte: zur Schwelle der Küchentür. »Du hast es gerade eben gesehen? Ich werde mal nachschauen«, sagte er und ging ins Eßzimmer.

Er ließ den Blick über den Boden schweifen, drehte sich kurz zu seiner Frau um, bückte sich lässig und sah unter den Tisch und die Stühle. »Also wirklich, Edith ...«

»Und im Wohnzimmer?« sagte Edith.

Charles verschwand für etwa fünfzehn Sekunden im Wohnzimmer und kehrte dann, ein leises Lächeln auf den Lippen, zurück. »Tut mir leid, Schätzchen, aber ich glaube, du siehst Gespenster. Es sei denn, es war eine Maus. Vielleicht haben wir Mäuse. Ich hoffe nicht.«

»Aber es ist viel größer. Und es ist braun. Mäuse sind grau.«

»Ja«, sagte Charles abwesend. »Na ja, keine Angst, Schatz, es wird dich nicht angreifen. Es läuft ja davon.« Und mit zweifelnder Stimme fügte er hinzu: »Wenn es sein muß, können wir einen Kammerjäger kommen lassen.«

»Ja«, sagte sie sogleich.

»Wie groß ist es?«

Sie hielt ihre Hände etwa fünfzehn Zentimeter auseinander. »So groß.«

»Es könnte ein Frettchen sein«, sagte er.

»Aber es ist schneller. Und es hat schwarze Augen. Vorhin ist es kurz stehengeblieben und hat mir gerade ins Gesicht gesehen. Wirklich, Charles.« Ihre Stimme zitterte. Sie zeigte auf eine Stelle neben dem Kühlschrank. »Genau da ist es ganz kurz stehengeblieben und –«

»Edith, nimm dich ein bißchen zusammen.« Er drückte ihren Arm.

»Ich kann dir gar nicht sagen, wie böse es aussieht.«

Charles sah sie schweigend an.

»Gibt es ein Tier namens Yuma?« fragte sie ihn.

»Ein Yuma? Davon habe ich noch nie gehört. Warum?«

»Weil mir dieser Name heute ganz plötzlich eingefallen ist. Ich dachte ... weil ich über dieses Tier nachgedacht habe und weil ich noch nie ein solches Tier gesehen habe, könnte es doch sein, daß ich den Namen irgendwo gelesen habe.«

»Y-u-m-a?«

Edith nickte.

Charles lächelte jetzt wieder, weil das Ganze sich zu einem lustigen Spiel entwickelte, nahm das Wörterbuch, wie Edith es getan hatte, und schlug das Wort nach. Dann klappte er das Buch zu, zog einen Band der *Encyclopaedia Britannica* aus dem untersten Fach des Bücherregals und blätterte darin. Nach einer Minute sagte er zu Edith: »Es steht nicht im Wörterbuch und auch nicht in der *Britannica.* Ich glaube, das Wort hast du dir ausgedacht.« Er lachte. »Oder es ist ein Wort aus *Alice im Wunderland.*«

Es gibt dieses Wort, dachte Edith, doch sie hatte nicht den Mut, es Charles zu sagen. Er würde es einfach leugnen.

Edith fühlte sich erschöpft und ging um zehn Uhr mit einem Buch zu Bett. Sie las noch, als Charles kurz vor elf ins Schlafzimmer trat. In diesem Augenblick sahen sie es beide: Es sprang vom Fußende des Betts auf den Boden, huschte vor Charles' und Ediths Augen über den Teppich und verschwand unter der Kommode und, wie Edith glaubte, zur Tür hinaus. Auch Charles schien diesen Eindruck zu haben, denn er fuhr herum und sah in den Flur.

»Jetzt hast du es gesehen!« sagte Edith.

Charles' Gesicht war ausdruckslos. Er schaltete das Flurlicht an, sah sich um und ging die Treppe hinunter.

Er blieb etwa drei Minuten lang weg, und Edith hörte, daß er Möbel hin und her schob. Schließlich kam er wieder ins Schlafzimmer.

»Ja, ich hab's gesehen.« Er wirkte blaß und müde.

Doch Edith seufzte und hätte beinahe gelächelt, denn sie war froh, daß er ihr endlich glaubte. »Jetzt siehst du, was ich meine. Ich habe keine Gespenster gesehen.«

»Nein«, stimmte Charles ihr zu.

Edith hatte sich im Bett aufgesetzt. »Das Schlimme ist, daß es so unfangbar aussieht.«

Charles knöpfte sein Hemd auf. »Unfangbar. Was für ein Wort! Nichts ist unfangbar. Vielleicht ist es ein Frettchen. Oder ein Eichhörnchen.«

»Hast du es nicht erkennen können? Es ist doch direkt an dir vorbeigerannt.«

»Tja« – er lachte –, »es war wirklich ziemlich schnell. Du hast es ja schon zwei- oder dreimal gesehen und weißt trotzdem nicht, was es eigentlich ist.«

»Hat es einen Schwanz? Ich konnte nicht erkennen, ob es einen Schwanz hatte oder ob das alles Körper war – die ganze Länge.«

Charles schwieg. Er griff nach dem Morgenrock und zog ihn langsam an. »Ich glaube, es ist kleiner, als es aussieht. Und es erscheint so langgestreckt, weil es so schnell ist. Könnte ein Eichhörnchen sein.«

»Aber es hat die Augen vorn im Gesicht, und Eichhörnchen haben die Augen mehr an der Seite.«

Charles bückte sich am Fußende des Betts und sah darunter. Er fuhr mit der Hand über die eingeschlagene Decke und dann darunter. Schließlich stand er auf. »Also, wenn wir es noch einmal sehen... wenn wir es überhaupt gesehen haben...«

»Wie meinst du das? Du hast es doch gesehen – das hast du selbst gesagt.«

»Ich *glaube,* daß ich es gesehen habe.« Charles lachte. »Woher soll ich wissen, daß meine Augen oder mein Kopf mir keinen Streich gespielt haben? Deine Beschreibung war ja auch sehr überzeugend.« Er klang beinahe, als würde er sich über sie ärgern.

»Also... *wenn...*«

»Wenn wir es wieder sehen, werden wir uns eine Katze ausleihen. Eine Katze wird es schon fangen.«

»Aber nicht die der Masons. Die Masons möchte ich nicht gern fragen.«

Als die Blaumeisen flügge geworden waren, hatten sie kleine Steine nach der Katze der Masons werfen müssen, um sie vom Nistkasten fernzuhalten. Den Masons hatte das mißfallen. Sie standen mit ihnen zwar immer noch auf gutem Fuß, aber weder Edith noch Charles wäre es im Traum eingefallen, sie zu fragen, ob sie sich Jonathan ausleihen dürften.

»Wir könnten auch einen Kammerjäger kommen lassen«, sagte Edith.

»Ha! Und wonach sollte er suchen?«

»Nach dem Tier, das wir gesehen haben«, erwiderte Edith. Sie war verärgert, denn schließlich war es ja Charles gewesen, der vorgeschlagen hatte, einen Kammerjäger zu holen. Sie hatte ein Interesse an diesem Gespräch, ein sehr großes Interesse, und dennoch deprimierte es sie. Sie fand es so vage und entmutigend; am liebsten wäre sie eingeschlafen und hätte alles vergessen.

»Versuchen wir es mal mit einer Katze«, sagte Charles. »Farrow hat eine. Er hat sie von seinen Nachbarn bekommen. Du kennst doch Farrow, den Buchhalter, der in der Shanley Road wohnt? Als seine Nachbarn weggezogen sind, hat er ihre Katze übernommen. Aber seine Frau mag keine Katzen, sagt er. Und diese –«

»Ich mag Katzen auch nicht besonders«, sagte

Edith. »Wir wollen uns doch keine Katze anschaffen.«

»Nein. Du hast recht. Aber diese könnten wir uns bestimmt ausleihen. Mir ist sie eingefallen, weil Farrow gesagt hat, daß sie eine hervorragende Jägerin ist. Es ist ein Weibchen, sagt er, neun Jahre alt.«

Am nächsten Abend brachte Charles die Katze mit. Er kam eine halbe Stunde später als sonst, weil er mit Farrow nach Hause gefahren war. Er und Edith schlossen alle Türen und Fenster und ließen die Katze im Wohnzimmer aus ihrem Transportkorb. Sie war weiß mit grauen Streifen und einem schwarzen Schwanz. Steif stand sie da und sah sich mürrisch und irgendwie mißbilligend um.

»Soo, Puss-Puss«, sagte Charles und beugte sich zu ihr hinunter, allerdings ohne sie anzufassen. »Du bleibst ja nur ein, zwei Tage hier. Haben wir ein bißchen Milch, Edith? Oder besser noch Sahne.«

Aus einem Karton, in den sie ein altes Handtuch legten, machten sie der Katze ein Lager und stellten es in eine Ecke des Wohnzimmers, doch sie schien das Sofaende zu bevorzugen. Sie hatte das Haus oberflächlich inspiziert, sich dabei aber nicht, wie Edith und Charles gehofft hatten, für die Schränke und Regale interessiert. Edith sagte, sie glaube, daß die Katze zu alt sei, um irgend etwas zu fangen.

Am nächsten Morgen rief Mrs. Farrow Edith an

und sagte, sie könnten Puss-Puss behalten, wenn sie wollten. »Sie ist sauber und kerngesund. Es ist nur so, daß ich Katzen nicht besonders mag. Wenn Sie sie also mögen … oder wenn sie Sie mag …«

Edith zog sich mit ungewöhnlich wortreichen Dankesbekundungen und Erklärungen, warum sie sich die Katze ausgeliehen hatten, aus der Affäre und versprach, Mrs. Farrow in den nächsten Tagen anzurufen. Sie sagte, sie habe den Eindruck, daß sie Mäuse hätten, sei sich jedoch nicht sicher genug, um einen Kammerjäger zu holen. Nach dieser verbalen Anstrengung fühlte sie sich erschöpft.

Die Katze verbrachte den größten Teil des Tages damit, auf dem Sofa oder am Fußende des Betts in der oberen Etage zu schlafen, was Edith nicht gern sah, aber ertrug, um sie nicht zu beleidigen. Sie sprach sogar freundlich mit ihr und trug sie zu geöffneten Schränken, doch Puss-Puss machte sich dann immer etwas steif – nicht aus Angst, sondern aus Desinteresse – und wandte sich sogleich ab. Den Thunfisch, den die Farrows empfohlen hatten, fraß sie mit Appetit.

Edith saß am Freitag nachmittag am Küchentisch und putzte das Silber, als das Ding an ihr vorbeirannte: Es kam von hinten und raste wie eine braune Rakete durch die offene Tür ins Eßzimmer. Dort bog es nach rechts ins Wohnzimmer ab, wo die Katze schlief.

Edith stand sofort auf und ging zur Wohnzimmertür. Dort war nichts von dem Tier zu sehen, und die Katze lag noch immer da und hatte den Kopf auf die Pfoten gelegt. Ihre Augen waren geschlossen. Ediths Herz klopfte wie rasend. Ihre Angst mischte sich mit Ungeduld, und einen Augenblick lang spürte sie in sich Chaos und schreckliche Verwirrung. Dieses Tier war hier im Raum! Und die Katze war zu gar nichts zu gebrauchen! Und die Wilsons würden um sieben Uhr zum Abendessen kommen. Und sie würde kaum Zeit haben, mit Charles darüber zu sprechen, denn er würde sich waschen und umziehen, und obwohl sie die Wilsons ziemlich gut kannte, wollte sie diese Sache nicht in ihrer Anwesenheit zur Sprache bringen. Aus dem Chaos wurde ohnmächtige Wut, und Tränen stiegen ihr in die Augen. Sie stellte sich vor, daß sie den ganzen Abend über nervös und ungeschickt sein würde, daß sie Dinge fallen lassen und nicht imstande sein würde zu sagen, was denn eigentlich mit ihr los war.

»Das Yuma. Dieses verdammte Yuma!« sagte sie leise und erbittert. Dann fuhr sie fort, verbissen das Silber zu putzen, und deckte den Tisch.

Das Abendessen verlief jedoch recht gut – es war nichts angebrannt, und nichts fiel auf den Boden. Christopher Wilson und seine Frau Frances wohnten am anderen Ende des Dorfes und hatten zwei

Söhne, sieben und fünf Jahre alt. Christopher war Syndikus bei Pan-Com.

»Du siehst ein bißchen abgespannt aus, Charles«, sagte Christopher. »Habt ihr Lust, am Sonntag mit uns rauszufahren?« Er sah seine Frau an. »Wir wollen zum Baden nach Hadden, und danach machen wir ein Picknick. Nur wir und die Kinder. Jede Menge frische Luft.«

»Tja ...« Charles wartete darauf, daß Edith die Einladung ablehnte, doch sie schwieg. »Vielen Dank, aber ... na ja, wir wollten eigentlich einen Ausflug mit dem Boot machen, aber wir haben uns gerade eine Katze ausgeliehen, und ich finde, wir sollten sie nicht den ganzen Tag allein lassen.«

»Eine Katze?« fragte Frances. »Ausgeliehen?«

»Ja. Wir haben den Verdacht, daß wir Mäuse im Haus haben, und wollen herausfinden, ob das stimmt«, warf Edith lächelnd ein.

Frances stellte ein, zwei Fragen über die Katze, und dann wechselten sie das Thema. Puss-Puss war im Augenblick in der oberen Etage – das nahm Edith jedenfalls an. Dorthin zog sie sich immer zurück, wenn jemand, den sie nicht kannte, ins Haus kam.

Später, als die Wilsons gegangen waren, erzählte Edith Charles, sie habe das Tier abermals in der Küche gesehen und Puss-Puss habe sich nicht im mindesten darum gekümmert.

»Das ist das Problem. Man kann es nicht hören«, sagte Charles. Dann runzelte er die Stirn. »Bist du *sicher*, daß du es gesehen hast?«

»So sicher, wie ich bin, daß ich es überhaupt je gesehen habe«, antwortete Edith.

»Lassen wir der Katze noch ein paar Tage Zeit«, sagte Charles.

Am nächsten Morgen, es war ein Samstag, ging Edith gegen neun Uhr hinunter, um das Frühstück zu machen. Als sie sah, was auf dem Wohnzimmerboden lag, blieb sie wie angewurzelt stehen. Es war das Yuma. Es war tot und an Kopf, Schwanz und Bauch verstümmelt. Tatsächlich war der Schwanz bis auf einen etwa fünf Zentimeter langen, feuchten Stummel abgebissen. Und der Kopf fehlte ganz. Doch das Fell war braun und an den blutverschmierten Stellen beinahe schwarz.

Edith drehte sich um und rannte die Treppe hinauf.

»Charles!«

Er war wach, aber noch verschlafen. »Was ist denn?«

»Die Katze hat es erwischt. Es liegt im Wohnzimmer. Los, komm mit hinunter. Ich will es gar nicht so genau sehen – ich kann das nicht.«

»Natürlich, Schatz«, sagte Charles und stieg aus dem Bett. Ein paar Sekunden später war er unten.

Edith war ihm gefolgt.

»Hm. Ganz schön groß«, sagte er.

»Was ist es?«

»Ich weiß nicht. Ich hole das Kehrblech.« Er ging in die Küche.

Edith stand dabei und sah zu, als er das tote Tier mit einer zusammengerollten Zeitung auf das Kehrblech schob. Er musterte den aufgerissenen Bauch, die durchgebissene Luftröhre und die bloßliegenden Knochen. An den Füßen waren kleine Klauen.

»Was ist es? Ein Frettchen?« fragte Edith.

»Ich weiß nicht. Ich weiß es wirklich nicht.« Charles wickelte das Ding rasch in eine Zeitung. »Ich werde es in den Mülleimer werfen. Der Müll wird montags abgeholt, nicht?«

Edith gab keine Antwort.

Charles ging durch die Küche, und Edith hörte den Deckel des Mülleimers vor dem Hinterausgang klappern.

»Wo ist eigentlich die Katze?« fragte sie ihn, als er wieder hereinkam.

Er wusch sich an der Spüle die Hände. »Ich weiß nicht.« Dann nahm er den Mop und ging damit ins Wohnzimmer. Er schrubbte die Stelle, wo das Tier gelegen hatte. »Nicht viel Blut. Hier ist jedenfalls nichts zu sehen.«

Während sie frühstückten, kam die Katze durch

die Vordertür herein, die Edith geöffnet hatte, um das Wohnzimmer zu lüften, auch wenn sie dort keinen Geruch feststellen konnte. Die Katze sah sie müde an, hob den Kopf ein wenig und machte »Miau«. Es war das erste Geräusch, das sie seit ihrer Ankunft von sich gegeben hatte.

»Gute Puss-Puss!« sagte Charles mit Nachdruck. »Gute Puss-Puss!«

Doch die Katze duckte sich unter seiner Hand weg, die ihren Rücken streicheln wollte, und ging langsam in die Küche, um ihr Thunfisch-Frühstück zu fressen.

Charles sah Edith mit einem Lächeln an, das sie zu erwidern versuchte. Sie hatte ihr Ei noch nicht ganz gegessen und brachte keinen Bissen von ihrem Toast hinunter.

Sie nahm den Wagen und machte ihre Einkäufe, doch sie fühlte sich dabei wie in einem Nebel. Sie grüßte Bekannte, wie sie es immer tat, aber zwischen ihr und den anderen Menschen schien keinerlei Verbindung zu bestehen. Als sie nach Hause kam, lag Charles angezogen und mit hinter dem Kopf verschränkten Händen auf dem Bett.

»Ich habe mich gewundert, wo du bist«, sagte Edith.

»Ich war ein bißchen müde. Tut mir leid.« Er setzte sich auf.

»Du brauchst dich nicht zu entschuldigen. Wenn du müde bist, dann schlaf doch ein wenig.«

»Ich wollte noch die Garage gründlich ausfegen und die Spinnweben entfernen.« Er stand auf. »Aber bist du nicht auch froh, daß es weg ist, Schatz – was immer es auch war?« Er lachte gezwungen.

»Natürlich. Ja. Weiß Gott.« Dennoch fühlte sie sich deprimiert, und sie spürte, daß es Charles ebenso ging. Zögernd stand sie in der Tür. »Ich frage mich bloß, was es war.« Wenn wir nur den Kopf gesehen hätten, wollte sie sagen, brachte es aber nicht über sich. Würde der Kopf irgendwo auftauchen, im Haus oder draußen? Die Katze konnte doch nicht den Schädel gefressen haben.

»So eine Art Frettchen wahrscheinlich«, sagte Charles. »Wenn du willst, können wir die Katze jetzt zurückgeben.«

Doch sie beschlossen, mit dem Anruf bei den Farrows bis morgen zu warten.

Puss-Puss schien jetzt zu lächeln, wenn Edith sie ansah. Es war ein müdes Lächeln – oder lag die Müdigkeit nur in den Augen? Immerhin war die Katze schon neun Jahre alt. An diesem Wochenende warf Edith ihr bei der Hausarbeit oft einen Blick zu. Die Katze war irgendwie anders, als hätte sie ihre Pflicht getan und wisse es auch, sei aber nicht sonderlich stolz darauf.

Auf eine eigenartige Weise hatte Edith das Gefühl, als wäre die Katze die Verbündete des Yumas oder was immer das Tier gewesen war – als wäre sie seine Verbündete oder wäre es zumindest gewesen. Sie waren beide Tiere und hatten einander verstanden: Das eine Tier war stärker gewesen, ein Feind, und das andere war das Opfer gewesen. Und die Katze hatte das andere Tier sehen und vielleicht auch hören können und es mit ihren Krallen gepackt. Vor allem aber hatte die Katze keine Angst gehabt wie sie selbst oder wie sogar Charles, das spürte Edith. Und während sie das dachte, wurde Edith bewußt, daß sie eine Abneigung gegen Puss-Puss hatte. Die Katze wirkte düster und unzugänglich. Und sie mochte Edith und Charles ebenfalls nicht.

Edith hatte die Farrows am Sonntag nachmittag gegen drei anrufen wollen, doch Charles sagte, er werde mit ihnen sprechen. Edith graute regelrecht davor, Charles' Anteil des Gesprächs zu hören, und dennoch blieb sie mit der Sonntagszeitung auf dem Sofa sitzen und hörte zu.

Charles bedankte sich überschwenglich und sagte, die Katze habe etwas gefangen, was wie ein großes Eichhörnchen oder ein Frettchen ausgesehen habe. Sie wollten sie jedoch eigentlich nicht behalten, so nett sie auch sei – ob er sie ihnen vielleicht so gegen sechs zurückbringen dürfe? »Na ja, sie hat ihre Aufgabe sozusagen erledigt, und wir sind Ihnen sehr dankbar ... Ich werde mich gern in der Fabrik umhören, ob jemand vielleicht eine nette Katze haben will.«

Als er aufgelegt hatte, öffnete Charles den obersten Hemdknopf. »Puh! Das war schwierig – ich bin mir vorgekommen wie ein Gauner. Aber es wäre ja wohl dumm, zu sagen, daß wir die Katze behalten wollen, wenn das gar nicht stimmt, oder?«

»Allerdings. Aber wir sollten ihnen eine Flasche Wein oder so schenken, findest du nicht?«

»Ja, natürlich. Gute Idee! Haben wir noch Wein?«

Sie hatten keinen. Sie hatten überhaupt keine ungeöffneten Flaschen außer einer Flasche Whisky, und Edith schlug bereitwillig vor, diese zu verschenken.

»Immerhin haben sie uns einen großen Gefallen getan«, sagte sie.

Charles lächelte. »Das kann man wohl sagen!« Er wickelte die Flasche in das grüne Seidenpapier, das der Weinhändler zum Verpacken benutzte, setzte Puss-Puss in den Transportkorb und machte sich auf den Weg.

Edith sagte, sie wolle nicht mitkommen, er solle den Farrows aber auf jeden Fall auch in ihrem Namen danken. Dann setzte sie sich auf das Sofa und versuchte, die Zeitung zu lesen, stellte jedoch fest, daß ihre Gedanken abschweiften. Sie blickte sich in dem leeren, stillen Raum um, betrachtete den Fuß der Treppe und sah durch die offene Tür ins Eßzimmer.

Jetzt war es fort, das Yuma-Baby. Warum sie dachte, es sei ein Baby gewesen, wußte sie nicht. Ein Baby? Doch sie hatte immer angenommen, es sei jung – und zugleich grausam und erfüllt von einem Wissen um die Grausamkeit und das Böse in der Welt, der Welt der Tiere und der Welt der Menschen. Und sein Hals war von einer Katze durchgebissen worden. Sie hatten den Kopf nicht gefunden.

Als Charles zurückkehrte, saß sie noch immer auf dem Sofa.

Er kam mit langsamen Schritten ins Wohnzimmer und ließ sich in den Sessel fallen. »Tja ... Sie wollten sie eigentlich nicht zurückhaben.«

»Wie meinst du das?«

»Es ist nicht ihre Katze. Sie haben sie nur aus Mitleid oder so aufgenommen, als ihre Nachbarn ausgewandert sind. Die sind nach Australien gegangen und konnten die Katze nicht mitnehmen. Jetzt schleicht sie immer um die beiden Häuser herum, und die Farrows füttern sie. Eine traurige Geschichte.«

Edith schüttelte unwillkürlich den Kopf. »Ich konnte diese Katze wirklich nicht leiden. Außerdem ist sie zu alt für ein neues Zuhause, findest du nicht?«

»Wahrscheinlich hast du recht. Na ja, bei den Farrows wird sie wenigstens nicht verhungern. Was hältst du von einer Tasse Tee? Das wäre mir lieber als etwas Alkoholisches.«

Nachdem er sich die Schulter mit einer Salbe eingerieben hatte, ging Charles früh zu Bett. Edith wußte, daß er fürchtete, seine Schleimbeutelentzündung oder das Rheuma könnten ihm wieder zu schaffen machen.

»Ich werde alt«, sagte er. »Heute abend jedenfalls fühle ich mich alt.«

Edith ging es ebenso. Außerdem war sie melancholisch. Vor dem Spiegel im Badezimmer hatte sie den Eindruck, die Fältchen unter den Augen hätten sich vertieft.

Für einen Sonntag war es ein anstrengender Tag gewesen. Doch der Schrecken war nicht mehr im Haus. Das war immerhin etwas. Sein Schatten hatte beinahe zwei Wochen über ihr gelegen.

Jetzt, da das Yuma tot war, wurde ihr bewußt, was das Problem gewesen war – oder jedenfalls konnte sie es sich eingestehen.

Das Yuma hatte das Tor zur Vergangenheit aufgerissen, und dahinter gähnte ein finsterer, beängstigender Schlund. Es hatte die Zeit wiederaufleben lassen, als sie – absichtlich – ihr Kind verloren hatte, und es hatte sie an Charles' bitteren Kummer erinnert und an seine spätere gespielte Gleichgültigkeit. Es hatte ihr Schuldgefühl wiederaufleben lassen. Und sie fragte sich, ob es Charles mit dem Tier ebenso ergangen war. In seiner Anfangszeit bei Pan-Com war er nicht gerade edelmütig gewesen. Er hatte einem Vorgesetzten die Wahrheit über einen Kollegen gesagt, und der Kollege war entlassen worden. Charles hatte seinen Posten bekommen, und der Mann hatte sich später das Leben genommen. Simpson.

Damals hatte Charles nur mit den Schultern gezuckt. Aber ... hatte das Yuma ihn vielleicht an Simpson erinnert? Kein Mensch, kein Erwachsener hatte eine ganz und gar makellose Vergangenheit, eine Vergangenheit ohne Schuld ...

Wenige Tage später goß Charles eines Abends mit dem Gartenschlauch die Rosen, als er im Loch des Nistkastens das Gesicht eines Tiers sah. Es sah genauso aus wie das Gesicht des anderen Tiers, das Edith ihm beschrieben hatte, auch wenn er es nie so gut hatte sehen können wie jetzt.

Da waren die glänzenden, unverwandt starrenden Augen, der grimmige kleine Mund, der dämonische Blick, von dem Edith gesprochen hatte. Charles vergaß den Schlauch in seiner Hand, das Wasser spritzte an die Gartenmauer. Er ließ ihn fallen und wandte sich zum Haus, um das Wasser abzudrehen; er wollte sogleich den Nistkasten abnehmen und nachsehen, ob etwas darin war, obgleich er im selben Augenblick dachte, der Nistkasten sei nicht groß genug für ein Tier von der Art, wie Puss-Puss es erlegt hatte. Bestimmt nicht.

Charles rannte und war beinahe am Haus angelangt, als er Edith in der Tür stehen sah.

Sie sah auf den Nistkasten. »Da ist es wieder!«

»Ja.« Charles drehte das Wasser ab. »Diesmal werde ich nachsehen, was es ist.«

Er ging mit schnellen Schritten auf den Nistkasten zu, blieb jedoch auf halbem Wege unvermittelt stehen und starrte auf das Gartentor.

Durch das offene Eisentor kam Puss-Puss. Sie sah erschöpft und mitgenommen, ja geradezu reumütig aus. Sie war im Schritt gegangen, doch nun trabte sie mit hängendem Kopf auf Charles zu.

»Sie ist wieder da«, sagte Charles.

Eine beklommene Düsternis legte sich über Edith.

Es war alles vorherbestimmt, es war alles so schrecklich vorhersehbar. Es würden mehr und mehr Yumas erscheinen. Wenn Charles gleich den Nistkasten schüttelte, würde nichts darin sein, und dann würde sie das Tier im Haus sehen, und Puss-Puss würde es wieder fangen.

Sie und Charles, sie beide, waren für immer daran gefesselt.

»Sie hat allein hierher zurückgefunden, da bin ich sicher. Drei Kilometer«, sagte Charles zu Edith und lächelte.

Doch Edith biß die Zähne zusammen, um nicht laut loszuschreien.

Drei Gedichte

Kätzchen

Die ganze Welt schuf man für mich,
Damit ich damit spiele:
Grashüpfer, Stuhlleisten, Tupfen auf dem
  Stoff,
Schatten, Flusen und mein eigener
  Schwanz.
Da sind so viele Ecken, Türen, die halb
  offenstehen
Und Sachen untendrunter anzusehen;
So viel, das man erkunden kann: ich
  werde toll davon,
Daß ich nicht überall zugleich sein kann.
Jetzt aber werd ich müde.

Katze

Mäuse schuf man nur für mich. Ganz sachte
Beobachte ich sie, wenn sie nicht wissen, daß ich sie betrachte
Dann springe ich.
Bei Nacht fühl ich mich wohler als am Tag
Keiner kann in der Nacht so gut sehen und so leise gehen
Wie ich gehe. Manchmal schubs ich Vögel,
Die dumm auf einem Baumast schlafen,
Hinab zu Boden, und dann brech ich ihnen das Genick
Mit meinen Zähnen. Und bis der Tod sie hat, nehm ich sie, mach
Schlagballspiele zwischen meinen Pfoten,
Als ob ich noch ein kleines Kätzchen wäre.

Manchmal sind die Nächte hell
Und ich bin verrückt vor Einsamkeit,
Und jammere zum Mond und lausche,
Und geh dahin, woher ich eine Antwort
hörte.

Alte Katze

Gar nichts schuf man nur für mich,
Nein, nicht einmal den Ofen,
Denn manchmal ist mir kalt und doch
  brennt da kein Feuer,
Und manchmal auch schickt man mich
  weg von da.
Schatten find ich öde, und wenn sie schon
  ein Wunder sind,
Dann ist es grau. Meine Ur-ur-ur-urenkel
Albern toll um mich herum, doch ich weiß
  jetzt:
Die Rückseite der Dinge ist bloß die
  andre Seite.
Und hinter der halboffenen Tür
Ist noch ein Zimmer so wie dieses.
So sitz ich gern: Die Augen
  halbgeschlossen,
Denn ich hab alles schon gesehen,
Meine Erinnerungen sind viel schöner.
Ich hab mit allem meinen Frieden.

Sogar die Mäuse kommen zentimeternah
heran,
Sie wissen, ich hab ihn vergessen, unsern
alten Krieg.
Nur meine Ur-ur-ur-urenkel
Sind mir manchmal eine Plage, sie ziehen
mich am Schwanz
Und rutschen und rollen herum auf mir.
Ich gebe ihnen eins auf die Ohren
Und gehe dahin zurück, wo meine
Gedanken stehengeblieben waren.
Ich hab mit allem meinen Frieden.

Ein Essay

Mit Katzen leben oder On Cats and Lifestyle

Müßte ich den Satz »Ich mag Katzen, weil…« beenden, wäre meine Antwort vielleicht nicht gerade preiswürdig, aber ich weiß, was ich an ihnen mag und warum. Ich mag Katzen, weil sie anmutig und leise und dekorativ sind – halbwegs zähmbare kleine Löwen in unseren Wohnungen. Im allgemeinen machen sie wenig Lärm, obwohl rollige Siamesen alles andere als leise sind. Ich glaube, daß Katzen leichter zu halten sind als Hunde, muß aber einräumen, daß man mit Hunden besser verreisen kann.

Zur Entkräftung der üblichen Einwände, daß Katzen Möbel verkratzen und im Haus ihre Duftmarken hinterlassen, kann ich sagen, daß ich in dieser Hinsicht Glück hatte, denn ich kenne menschliche Behausungen, in denen Katzen die Oberhoheit an sich gerissen haben. In meinem Fall befindet sich in der Haustür eine ovale Katzentür mit Plastikvorhang, und meine zwei Siamesen verrichten ihre Notdurft lieber im Freien als in ihrem sogenannten Katzenklo, obwohl ich sie in jungen Jahren mit diesem Hygieneartikel vertraut gemacht habe. Sobald sie konnten, zogen sie das Leben in freier Wildbahn vor. Ich lebe auf dem Land, und mein Garten ist eingezäunt, was ihnen und mir das Leben erleichtert. Der Vorstellung, einen Hund mehrmals am Tag auszuführen, ob es regnet oder schneit, kann ich nicht viel abgewinnen. Und das Problem mit dem Kratzen habe ich auch pragmatisch gelöst, indem ich einen Fußabstreifer an ein Brett genagelt habe, oben und unten mit breiten Gummibändern befestigt; diese Konstruktion lehnt an einer entlegenen Wand in der Toilette im Erdgeschoß, und die Katzen schlagen ihre Krallen mit Genuß hinein, weil es so schön knistert. Die schräge Neigung der Fußmatte lockt sie an, ganz anders als die lotrechten Kratzbäume mit ihrem künstlichen Geruch, die für teures Geld in Tierhandlungen verkauft werden.

Während ich mir gut vorstellen könnte, daß Hunde ähnlich naiv denken wie Sherlock Holmes' Faktotum Dr. Watson, halte ich Katzen für raffinierter. Hunde und Katzen sind von ihrem Geruchssinn weit abhängiger als von ihrem Gesichtssinn, aber einem Hund ist zuzutrauen, daß er sich für etwas interessiert, was ihm zufällig vor die Nase kommt, während eine Katze nur gelangweilt einen Bogen um das übelriechende Etwas machen würde. Ich war noch nie versucht, in einem Buch eine Katze eine Leiche entdecken oder jemanden feindselig anfauchen zu lassen, aber ich muß gestehen, daß die Raubtiernatur unserer Stubentiger mich einmal dazu verführt hat, zu schildern, wie eine Katze zwei Finger, die noch durch die zerschmetterten Knöchel verbunden sind, durch ihre Katzentür ins Haus bringt, während im Wohnzimmer Scrabble gespielt wird.

Eigenbrötler sind nicht die einzigen Katzenfreunde. Meiner Meinung nach neigen Eigenbrötler sogar eher zur Hundehaltung, weil sie Schutz suchen. Raymond Chandler sah es am liebsten, wenn seine fette Katze auf dem Schreibtisch schlief. Simenon sieht man auf vielen Fotos mit einer seiner Katzen, meist einer schwarzen. Katzen verschaffen Schriftstellern etwas, was menschliche Gesellschaft ihnen nicht geben kann: unaufdringliche und anspruchslose Kameradschaft, friedvoll und unstet wie ein ruhiges Meer. Mein junger siamesischer Kater ist so höflich zu antworten, wenn ich ihn anspreche. Wenn ich ihn frage, ob es ihm gutgeht, kann die Antwort lauten: »O ja!« oder: »Na ja.« Bei der Arbeit stört er mich nur, wenn er Hunger hat, und das mit einem unverkennbaren Maunzen, und da er weder gefräßig noch übergewichtig ist, tue ich ihm den Gefallen, ihn zu füttern.

Katzen haben den Schalk im Nacken, auch wenn man ihnen das nicht ansieht. Beide meiner Katzen habe ich dabei beobachtet, wie sie Besuchern auf den Schoß gesprungen sind, die eine Katzenallergie haben oder Katzen nicht ausstehen können. Und Katzenliebhaber können Katzen schrecklich auf die Nerven gehen. Semyon, mein junger Siamesenkater, äußert sich unmißverständlich, wenn neben ihm das Telefon klingelt; meine ältere Katze, ein Weibchen, nutzt es gerne aus, wenn ich am Telefon bin, um so zu tun, als kratze sie an einem alten samtbezogenen Stuhl, und wenn ich dann einen Schuh nach ihr werfe, amüsiert sie sich königlich.

Das Leben, das ich führe, wäre wahrscheinlich sogar vielen Schriftstellern zu eintönig. Ich habe keinen Fernsehapparat, obwohl ich ständig versucht bin, mir einen zuzulegen. Ich lese viel Zeitung. Bis auf Kurzgeschichten kann ich keine Literatur lesen, während ich an einem Roman schreibe. Zur körperlichen Ertüchtigung mache ich mir im Garten zu schaffen. Ich bezeichne es nicht als Gartenarbeit, damit es nicht wie echte Arbeit klingt, obwohl es das ist. Indem ich es anders nenne, nehme ich der Arbeit ihren Schrecken, und so geht es mir auch mit Problemen oder Katastrophen anderer Art: Ich gebe ihnen einen anderen Namen, nehme eine andere Haltung ein, und schon ist die Sache nur noch halb so schlimm.

Daß ich zusammen mit Edgar Allan Poe am 19. Januar Geburtstag habe, freut mich sehr. Er gehört zu den Nicht-Eigenbrötlern, die Katzenliebhaber waren. Die Tigerkatze des Ehepaars Poe wärmte die kranke Virginia, auf deren Füßen sie lag, als die beiden zu arm waren, um ihr Häuschen zu heizen.

Hunde sind stark und können einschüchternd wirken; in eine Geschichte läßt sich das gut einbauen. Aber Geschichten sind Geschichten und nicht die Wirklichkeit, und Schriftsteller sind Leute, deren geistige Beweglichkeit oder Verstörtheit sie mehr oder weniger dazu prädestiniert, Katzen als Gefährten zu halten. Außerdem sind Katzen ein wandelndes, schlafendes und ständig wandelbares Kunstwerk. Hunden kann man Befehle geben, Katzen nicht. Ein Bild an der Wand oder ein Beethoven-Konzert kann man sowenig »benutzen« wie eine Katze; dennoch können sie für das Leben eines Individuums lebensnotwendig sein.

Nachweis

Drei Stories

Was die Katze hereinschleppte / Something the Cat Dragged In, 1977 entstanden, ist dem Short-Story-Band *Keiner von uns* (Zürich: Diogenes 2005) entnommen. Aus dem Amerikanischen von Matthias Jendis.

Mings fetteste Beute / Ming's Biggest Prey, 1972 entstanden, entstammt dem Short-Story-Band *Kleine Mordgeschichten für Tierfreunde / Kleine Geschichten für Weiberfeinde* (Zürich: Diogenes 2004). Deutsch von Melanie Walz.

Der leere Nistkasten / The Empty Birdhouse, 1966 entstanden, ist dem Short-Story-Band *Der Schneckenforscher* (Zürich: Diogenes 2003) entnommen. Deutsch von Dirk van Gunsteren.

Drei Gedichte

Wann *Kätzchen/Kitten, Katze/Cat, Alte Katze/Old Cat* entstanden sind, ist nicht bekannt. Erstveröffentlichung. Deutsch von Erica Ruetz.

Ein Essay

Mit Katzen leben oder On Cats and Lifestyle / On Cats and Lifestyle erschien erstmals in der Originalsprache in ›Murder Ink.‹, New York 1979. Deutsche Erstveröffentlichung. Deutsch von Melanie Walz.

Die sieben Zeichnungen sind dem 1995 bei Diogenes, Zürich, erschienenen Band *Zeichnungen* entnommen.

Bitte beachten Sie
auch die folgenden Seiten

Patricia Highsmith im Diogenes Verlag

Im Frühling 2002 hat der Diogenes Verlag eine Werkausgabe von Patricia Highsmith mit weltweit unveröffentlichten Stories aus dem Nachlaß und mit Neuübersetzungen ihres zu Lebzeiten erschienenen Werks gestartet (u.a. von Nikolaus Stingl, Melanie Walz, Irene Rumler, Christa E. Seibicke, Dirk van Gunsteren, Werner Richter und Matthias Jendis). Alle Bände in neuer Ausstattung, kritisch durchgesehen nach den Originaltexten und mit einem Nachwort zu Lebens- und Werkgeschichte. Die Edition macht sich erstmals die Aufzeichnungen der Autorin zur Entstehungsgeschichte einzelner Werke, zu Plänen und Inspirationsquellen zunutze und informiert über den schöpferischen Prozeß und über die Lebenszusammenhänge, wie sie sich aus den Notiz- und Tagebüchern der Autorin rekonstruieren lassen.

»Der Diogenes Verlag, lang möge er leben, hat eine Patricia-Highsmith-Werkausgabe gestartet, alle Bände mit hervorragenden Nachworten von Paul Ingendaay. Ein beklemmender Sog, ein Genuß, ein Fest.«
Alex Rühle / Süddeutsche Zeitung, München

»Die Werkausgabe von Patricia Highsmith ist eine verlegerische Großtat.«
Heinrich Detering / Frankfurter Allgemeine Zeitung

»Mit der erstmals vollständig und höchst nuanciert neu übersetzten Werkausgabe kommen auf Highsmith-Leser glänzende Tage zu. Der wahre Genuß. Wir warten schon.«
Tobias Gohlis / Die Zeit, Hamburg

»Obwohl heute eine der weltweit meistgelesenen Schriftstellerinnen der Gegenwart, bleibt das Werk von Patricia Highsmith noch zu entdecken.«
Le Monde, Paris

Werkausgabe in 32 Bänden. Herausgegeben von Paul Ingendaay und Anna von Planta in Zusammenarbeit mit Ina Lannert, Barbara Rohrer und Kate Kingsley Skattebol. Jeder Band mit einem Nachwort von Paul Ingendaay.

Bisher erschienen:
(Stand Frühjahr/Sommer 2007)

Zwei Fremde im Zug
Roman. Aus dem Amerikanischen von Melanie Walz

Der Schrei der Eule
Roman. Deutsch von Irene Rumler

Das Zittern des Fälschers
Roman. Deutsch von Dirk van Gunsteren

Die stille Mitte der Welt
Stories. Deutsch von Melanie Walz

Lösegeld für einen Hund
Roman. Deutsch von Christa E. Seibicke

Der talentierte Mr. Ripley
Roman. Deutsch von Melanie Walz

Ripley Under Ground
Roman. Deutsch von Melanie Walz

Die Augen der Mrs. Blynn
Stories. Deutsch von Christa E. Seibicke

Der Schneckenforscher
Stories. Deutsch von Dirk van Gunsteren

Ripley's Game oder Der amerikanische Freund
Roman. Deutsch von Matthias Jendis

Ediths Tagebuch
Roman. Deutsch von Irene Rumler

Tiefe Wasser
Roman. Deutsch von Nikolaus Stingl

Die zwei Gesichter des Januars
Roman. Deutsch von Werner Richter

Der süße Wahn
Roman. Deutsch von Christa E. Seibicke

Die gläserne Zelle
Roman. Deutsch von Werner Richter

Leise, leise im Wind
Stories. Deutsch von Werner Richter

Zwei Stories (›Der Mann, der seine Bücher im Kopf schrieb‹
und ›Leise, leise im Wind‹) auch als Diogenes Hörbuch erschienen:
Der Mann, der seine Bücher im Kopf schrieb
gelesen von Jochen Striebeck

Der Junge, der Ripley folgte
Roman. Deutsch von Matthias Jendis

Venedig kann sehr kalt sein
Roman. Deutsch von Matthias Jendis

Kleine Mordgeschichten für Tierfreunde
Kleine Geschichten für Weiberfeinde
Stories. Deutsch von Melanie Walz

Ausgewählte Stories auch
als Diogenes Hörbuch erschienen:
Kleine Mordgeschichten für Tierfreunde
gelesen von Alice Schwarzer

Elsies Lebenslust
Roman. Deutsch von Dirk van Gunsteren

Ripley Under Water
Roman. Deutsch von Matthias Jendis

Salz und sein Preis
Roman. Deutsch von Melanie Walz
(vormals: *Carol.* Roman einer ungewöhnlichen Liebe)

Keiner von uns
Stories. Deutsch von Matthias Jendis

Der Stümper
Roman. Deutsch von Melanie Walz

Ein Spiel für die Lebenden
Roman. Deutsch von Bernhard Robben

Nixen auf dem Golfplatz
Stories. Deutsch von Matthias Jendis

›Small g‹ – Eine Sommeridylle
Roman. Deutsch von Matthias Jendis

Der Geschichtenerzähler
Roman. Deutsch von Matthias Jendis

Leute, die an die Tür klopfen
Roman. Deutsch von Manfred Allié

In Vorbereitung:

Geschichten von natürlichen und unnatürlichen Katastrophen. Stories

Materialienband
(vorm.: *Patricia Highsmith – Leben und Werk*)

Suspense oder Wie man einen Thriller schreibt
Werkstattbericht

Außerhalb der Werkausgabe lieferbar:

Venedig kann sehr kalt sein
Roman. Deutsch von Anne Uhde

Kleine Geschichten für Weiberfeinde
Eine weibliche Typenlehre in siebzehn Beispielen
Deutsch von Walter E. Richartz
Zeichnungen von Roland Topor

Nixen auf dem Golfplatz
Erzählungen. Deutsch von Anne Uhde

Elsie's Lebenslust
Roman. Deutsch von Otto Bayer

›Small g‹ – eine Sommeridylle
Roman. Deutsch von Christiane Buchner

Zeichnungen
Ausgewählt und herausgegeben von Daniel Keel
Mit einem Vorwort der Autorin und
einer biographischen Skizze von Anna von Planta

Patricia Highsmith im Diogenes Hörbuch

»Die Texte von Patricia Highsmith sind so einleuchtend geheimnisvoll und dabei so einfach wie Erzählungen in Liedern.« *Peter Handke*

»Bei ihren kraftvollen und beklemmenden Kurzgeschichten bleibt am Ende der Eindruck, die Welt sei doch gefährlicher, als man denkt.«
The New York Times

»Sie erzählt mit einer Leichtigkeit, die stilistische Meisterschaft kennzeichnet.« *Le Monde, Paris*

Kleine Mordgeschichten für Tierfreunde
Ausgewählte Stories aus dem Band
Kleine Mordgeschichten für Tierfreunde/
Kleine Geschichten für Weiberfeinde
2 CD, gelesen von **Alice Schwarzer**

Der Mann, der seine Bücher im Kopf schrieb
Zwei Stories (›Der Mann, der seine Bücher im Kopf schrieb‹ und ›Leise, leise im Wind‹) aus dem Band
Leise, leise im Wind
1 CD, gelesen von **Jochen Striebeck**

Carson McCullers im Diogenes Verlag

Das Herz ist ein einsamer Jäger

Roman. Aus dem Amerikanischen von Susanna Rademacher

»Der Roman spielt im Staat Georgia, in einer häßlichen heißen Innenstadt. Carson McCullers' mitleidiges Engagement gilt den Sonderlingen, die in diesen öden merkantilen Städten geradezu als Mißgeburten gelten, weil sie nicht zu den anderen passen, nicht mitmachen in deren Alltag. Was simpel erscheinen mag, ist Methode: ohne Interpretation indirekt darzustellen.« *Gabriele Wohmann*

»Was für ein Buch! Ich freue mich schon, es demnächst wieder zu lesen und Neues darin zu entdekken.« *Elke Heidenreich / Brigitte, Hamburg*

Spiegelbild im goldnen Auge

Roman. Deutsch von Richard Moering

Es gibt in einem der Südstaaten ein Fort, wo vor einigen Jahren ein Mord geschah. An dieser unglücklichen Begebenheit waren beteiligt: zwei Offiziere, ein Soldat, zwei Frauen, ein Filipino und ein Pferd.

»Carson McCullers geht an Čechovs Hand durch Georgia... Der scheinbare Report ist ein Sinnbild für die nüchterne Deskription seelischer Entblößungen; Sinnbild, das nicht für etwas anderes steht, sondern auf es hinweist: auf die häßliche, gräßliche Realität und unsere Einsamkeit.« *Helmut M. Braem*

»Ich habe in Carson McCullers' Werk eine solche Dichte, eine so edle Geisteshaltung gefunden, wie es sie seit Herman Melville in unserer Prosa nicht gegeben hat.« *Tennessee Williams*

»Sie ist ein Wanderer mit einem Rucksack voll selbsternannter Dämonen.« *Truman Capote*

Frankie

Roman. Deutsch
von Richard Moering

Frankie ist die Geschichte eines Reifeprozesses und einer großen Sehnsucht. Es ist die Sehnsucht eines heranwachsenden Mädchens, dabeizusein. Dabei: beim Leben der Erwachsenen, im speziellen Falle auf der Hochzeit des Bruders, der unbegreiflicherweise entführt wird von einer fremden, nicht einmal viel älteren Frau. Frankies Ruf, der unerhört dem abreisenden Paar nachhallt, ist der Ruf des verzweifelten ›Nehmt mich mit!‹, den jedes alleingelassene Kind kennt.

»Mit Recht hat man *Frankie* als weibliches Gegenbild zu Holden Caulfield *(Der Fänger im Roggen)* bezeichnet.«
Gerd Fuchs/Südwestfunk, Baden-Baden

»Wie alle genialen Dichter überzeugt sie uns davon, daß wir im Leben etwas übersehen haben, was ganz offenkundig vorhanden ist.« *V.S. Pritchett*

»Einsamkeit und Außenseitertum sind die Themen, die McCullers in einfallsreichen und verblüffenden Variationen vor der sommerlich durchglühten Kulisse verschlafener Provinznester Georgias durchgespielt hat.«
Alexandra Lavizzari/Neue Zürcher Zeitung

Die Ballade vom traurigen Café

Deutsch von Elisabeth Schnack

»Alle Eigenheiten des Werks der Carson McCullers sind in der *Ballade* zur Vollendung entwickelt. Es ist, als habe ihre Dichtung nunmehr die wahre Gestalt gefunden. Die hitzegedörrte Kleinstadt, die kannibalische Sonne, die Baumwollspinnerei, die Café-Bar –

all das erreicht hier die Kulmination. – Das tragische Dreieckgeschehen zwischen Miss Amalia, dem Buckligen und dem Zuchthäusler Marvin Macy rührt an die elementaren Bedingungen der menschlichen Existenz.« *Dieter Lattmann*

»Eine der großartigsten Geschichten, die je von einem Amerikaner oder einer Amerikanerin geschrieben wurden.« *The New York Times*

Auch als Diogenes Hörbuch erschienen, gelesen von Elke Heidenreich

Uhr ohne Zeiger

Roman. Deutsch von Elisabeth Schnack

In ihrem letzten Roman thematisiert Carson McCullers die Unabwendbarkeit des Todes: dem Apotheker Malone wird von seinem Arzt eröffnet, daß er nur noch ein gutes Jahr zu leben hat. Ist das genug Zeit, sich vom Vergangenen zu verabschieden und das Sterben zu akzeptieren?

»Carson McCullers hat in ihrem Roman *Uhr ohne Zeiger* versucht, den Tod gewissermaßen zu einer eigenen Angelegenheit zu machen, zu einer Wirklichkeit, die uns persönlich betrifft, zu einem unabwendbaren Vorgang, der für den einzelnen allgegenwärtig ist und zu einer übergreifenden Wahrheit wird, in der er sich wiederfindet. Das ist das Thema dieses ruhigen, eindringlichen Romans.« *Siegfried Lenz*

»Was bleibt, ist ihr Werk. Es ist unvergänglich.« *Neue Zürcher Zeitung*

Gesammelte Erzählungen

Deutsch von Elisabeth Schnack

»Bleibt McCullers nicht eine große Autorin, auch wenn ihre Bücher kaum verkauft werden? Ich könnte mir vorstellen, daß jener soeben geborene Leser, wenn er erst einmal fünfzehn geworden ist, sich eines ihrer Bücher aus dem Ramschkasten fischt und bei der Lektüre vom Fieber ergriffen wird.« *Heinrich Böll*

»Carson McCullers' Geschichten zeugen von ihrem großen erzählerischen Talent, ihrem knappen, aber tief emotionalen Stil.«
Manuela Reichart / Literaturen, Berlin

»Jeder sollte Carson McCullers lesen.«
Frankfurter Allgemeine Zeitung

Doris Dörrie im Diogenes Verlag

»Doris Dörrie ist als Erzählerin Spezialistin in diffizilen Angelegenheiten der kleinen Rache und gezielten Ohrfeigen zum Zwecke der Unterstützung des eigenen Selbstwertgefühles. Sie ist eine sehr gute Kurzgeschichten-Schreiberin mit der erforderlichen Prise Selbstironie und mit stilistischer Eleganz.«
Annemarie Stoltenberg/Die Zeit, Hamburg

»Eine der gegenwärtig besten Erzählerinnen in deutscher Sprache.« *Walter Vogl/Die Presse, Wien*

»Es ist vollkommen gleichgültig, ob Sie Doris Dörrie in der Badewanne, im Intercity-Großraumwagen, im Lehnstuhl oder in der Straßenbahn lesen, nur: Lesen Sie sie!« *Deutschlandfunk, Köln*

Liebe, Schmerz und das ganze verdammte Zeug
Vier Geschichten

»Was wollen Sie von mir?«
Erzählungen. Mit Fotos von Helge Weindler

Der Mann meiner Träume
Erzählung

Für immer und ewig
Eine Art Reigen

Love in Germany
Deutsche Paare im Gespräch mit Doris Dörrie. Unter Mitarbeit von Volker Wach. Mit 13 Fotos

Bin ich schön?
Erzählungen

Samsara
Erzählungen

Was machen wir jetzt?
Roman

Happy
Ein Drama

Das blaue Kleid
Roman

Mitten ins Herz
und andere Geschichten. Herausgegeben von Daniel Keel. Mit einem Nachwort der Autorin

Und was wird aus mir?
Roman

Kinderbücher:

Mimi
Mit Bildern von Julia Kaergel

Mimi ist sauer
Mit Bildern von Julia Kaergel

Mimi entdeckt die Welt
Mit Bildern von Julia Kaergel

Mimi und Mozart
Mit Bildern von Julia Kaergel

Raymond Chandler im Diogenes Verlag

»Mit Philip Marlowe schuf Chandler eine Gestalt, die noch heute weltweit als der Prototyp des Privatdetektivs gilt. Humphrey Bogart in der Rolle des Philip Marlowe hat diesen Typus auch optisch bis heute unverdrängbar festgeschrieben.«
Kindlers Literatur Lexikon

»Ich halte es für möglich, daß der Ruhm des Autors Raymond Chandler den des Autors Ernest Hemingway überdauert.« *Helmut Heißenbüttel*

Gefahr ist mein Geschäft
und andere Detektivstories. Aus dem Amerikanischen von Hans Wollschläger

Der große Schlaf
Roman. Deutsch von Gunar Ortlepp

Die kleine Schwester
Roman. Deutsch von Walter E. Richartz

Der lange Abschied
Roman. Deutsch von Hans Wollschläger

Das hohe Fenster
Roman. Deutsch von Urs Widmer

Die Tote im See
Roman. Deutsch von Hellmuth Karasek

Lebwohl, mein Liebling
Roman. Deutsch von Wulf Teichmann

Playback
Roman. Deutsch von Wulf Teichmann

Erpresser schießen nicht
und andere Detektivstories. Deutsch von Hans Wollschläger. Mit einem Vorwort des Verfassers

Englischer Sommer
Drei Geschichten und Parodien, Aufsätze, Skizzen und Notizen aus dem Nachlaß. Mit Zeichnungen von Edward Gorey, einer Erinnerung von John Houseman und einem Vorwort von Patricia Highsmith. Deutsch von Wulf Teichmann, Hans Wollschläger u.a.